# SUE GRAFTON

Américaine originaire du Kentucky, Sue Grafton est diplômée de littérature anglaise. Elle a débuté sa carrière d'écrivain en 1967 en publiant son premier roman, et a écrit de nombreux scénarios pour la télévision américaine, parmi lesquels deux adaptations de romans d'Agatha Christie.

C'est en 1982, avec *A comme Alibi*, suivi trois ans plus tard de *B comme Brûlé*, que Sue Grafton commence son étonnant abécédaire du crime, et qu'elle crée le personnage de Kinsey Millhone, détective privé que l'on retrouve dans les quinze volumes déjà parus. Traduite dans le monde entier, Sue Grafton est considérée comme l'une des figures les plus originales du roman noir américain.

# "A" comme Alibi

A comme alibi
B comme brûlée
C comme cadavre
D comme dérapage
E comme explosif
F comme fugitif
G comme gibier
H comme homicide
I comme innocent
J comme jugement
K comme killer
L comme lequel ?
M comme machination
N comme nausée
O comme oubli

# SUE GRAFTON

# " A " comme Alibi

POCKET

*Titre original américain :*
« A » IS FOR ALIBI

Traduit de l'américain
par René Baldy

Published by Henry Holt and Company, Inc.

© Sue Grafton, 1982.
© Éditions de Villiers, 1990, pour la traduction française.

ISBN 2-266-07167-X

# CHAPITRE PREMIER

Je me présente : Kinsey Millhone, trente-deux ans, détective privé immatriculé dans l'État de Californie, deux fois divorcée, sans enfant. Avant-hier, j'ai tué quelqu'un et depuis je ne pense plus qu'à ça, ça m'obsède parce que je suis plutôt une personne respectable. Tous mes amis vous le diront. J'ai longtemps vécu en caravane; aujourd'hui, je loue un petit studio, vraiment petit, mais j'aime me sentir à l'étroit. Je n'ai ni homme, ni animaux, ni plantes, et avec la vie que je mène, ça vaut mieux. On ne peut pas être toujours sur les routes et s'imposer ces contraintes-là. Exception faite pour les risques qui tiennent à mon métier, je mène une vie normale et plutôt agréable. Bref, je suis une jeune femme sans histoires. Tuer les gens n'a jamais fait partie de mes habitudes, et je ne suis pas encore parvenue à faire toute la lumière sur cette sale affaire. Bien sûr, j'ai fait une déposition à la police, que j'ai paraphée page par page avant de signer. J'ai aussi fait un rapport pour les archives de mon agence. Les deux documents sont rédigés en termes neutres, assez ambivalents, mais ni l'un ni l'autre n'en dit suffisamment.

Mon agence se trouve dans l'immeuble de la California Fidelity Insurance Company pour qui je travaillais autrefois. Aujourd'hui, nos rapports ont changé. Je fais toujours quelques enquêtes pour le compte de la compagnie, qui, en échange, me cède ce deux-pièces avec une entrée indépen-

dante et un petit balcon sur la rue principale de Santa
Teresa. C'est là que Nikki Fife est venue me rendre sa première visite, il y a trois semaines. Comme je travaille seule,
j'ai un service d'abonnés absents qui prend mes messages
téléphoniques quand je ne suis pas au bureau. C'est moi qui
m'occupe de toute la paperasserie. Je ne gagne pas des mille
et des cents, mais dans l'ensemble, ça va.

J'étais sortie presque toute la matinée et c'est en repassant
en coup de vent pour prendre mon appareil photo que je suis
tombée sur Nikki Fife, plantée dans le couloir devant ma
porte. Je ne la connaissais pas personnellement mais, il y a
huit ans, j'avais assisté à son procès et à sa condamnation
pour le meurtre de son mari, Laurence Fife, un avocat très
réputé à Santa Teresa. A l'époque, elle n'avait pas trente
ans. Sa beauté m'avait frappée : une peau de satin et des
cheveux d'un blond très pâle. Et surtout ses yeux, bleus et
foncés comme la mer avant l'orage. Aujourd'hui, son visage
s'est un peu rempli; sans doute le régime de la prison, pas
idéal pour garder la forme. Mais elle a toujours cet air délicat, immatériel qui, au procès, m'avait fait trouver tellement
incongrue l'accusation de meurtre. Ses cheveux ont poussé et
repris leur teinte naturelle, un châtain très clair, presque
incolore. Elle doit avoir dans les trente-cinq, trente-six ans, et
la réclusion au California Institute for Women ne l'a mar-
quée d'aucune ride visible.

Je la fais entrer sans rien dire.

— Vous me connaissez, affirme-t-elle en s'asseyant.

— Oui, j'ai fait quelques enquêtes pour votre mari.

Elle m'examine avec attention.

— Ça s'est arrêté là?

Je n'ai pas besoin qu'on me fasse un dessin.

— Je suis aussi venue au palais de justice suivre votre procès, dis-je. Rien d'autre. Si c'est ce qui vous intéresse, sachez
qu'il n'y a jamais rien eu entre lui et moi. Sans vouloir vous
vexer, ce n'était pas du tout mon type. Voulez-vous un café?

Elle accepte d'un hochement de tête et semble se détendre

légèrement. J'ouvre un tiroir, au bas de l'armoire de classement, pour sortir une cafetière électrique que je remplis avec de l'eau minérale. Nikki ne s'est pas donné la peine de s'excuser pour le dérangement. Ça me plaît; un bon point pour elle. Je place un filtre en papier dans le cornet, mouds du café, branche l'engin. Bientôt, l'eau se met à passer avec un gargouillement. J'aime ce bruit, il a quelque chose de rassurant, comme celui de la pompe à oxygène d'un aquarium.

Pendant les préparatifs, Nikki reste assise, tranquillement. On dirait qu'elle s'est complètement coupée de ses émotions. Elle n'a aucun tic nerveux, elle ne fume pas, ne se triture pas les cheveux. Je me rassieds dans mon fauteuil pivotant, je la regarde et je lui demande depuis combien de temps elle est sortie de prison.

— Une semaine.

— Et qu'est-ce que ça fait de se retrouver libre?

Elle hausse les épaules.

— J'ai quand même l'impression qu'on se sent mieux. Mais, vous savez, je m'étais bien adaptée à la vie sous les verrous. Beaucoup mieux que vous ne pourriez l'imaginer.

Je sors un carton de lait du petit réfrigérateur, à ma droite. Les tasses propres sont rangées au-dessus. J'en prends deux et je fais le service dès que le café est prêt. Nikki saisit sa tasse en murmurant une vague formule de remerciement.

— Vous allez peut-être dire que ce n'est pas la première fois qu'on vous raconte cette histoire-là, enchaîne-t-elle, mais ce n'est pas moi qui ai tué Laurence. Je viens vous voir pour que vous retrouviez le meurtrier.

— Pourquoi avoir tellement attendu? Vous pouviez demander une enquête quand vous étiez en prison. Vous auriez gagné du temps.

Elle esquisse un semblant de sourire.

— Ça fait des années que je clame mon innocence, dit-elle. Qui m'aurait crue? A la minute où j'ai été inculpée, j'ai perdu toute crédibilité. C'est cette crédibilité que je veux retrouver. Et je veux aussi savoir qui a monté ce sale coup pour me faire condamner.

Je croyais qu'elle avait les yeux foncés mais, maintenant,

je vois qu'ils sont gris métallique. Son regard est terni, fané, comme une lumière intérieure en train de faiblir. Elle me fait l'effet d'une personne qui n'a plus grand-chose à espérer. Pour ma part, j'ai toujours pensé que ce n'était pas elle la coupable, mais je ne peux pas dire d'où me vient cette conviction. Nikki semble tellement indifférente, détachée, que je n'arrive pas à l'imaginer suffisamment concernée par quoi que ce soit au point de commettre un meurtre.

Je lui demande de me raconter tout ce qu'elle sait. Elle boit une petite gorgée de café, pose sa tasse sur le bord de mon bureau, puis se lance :

— J'ai été mariée avec Laurence pendant quatre ans, un peu plus même. Il a commencé à me tromper au bout de six mois. Je me demande encore pourquoi ça m'a fait tant de mal : j'aurais dû m'y attendre. Après tout, c'était comme ça que tout avait commencé entre nous ; il trompait sa première femme avec moi. Bien sûr, c'est flatteur pour la vanité d'une femme de jouer le rôle de la maîtresse. Mais je ne m'attendais pas à me retrouver dans celui de la femme trompée. Je ne peux pas dire que ça m'a fait plaisir.

— Et, d'après le procureur, c'est la raison pour laquelle vous l'avez tué.

Pour la première fois, Nikki s'emporte un peu.

— Il leur fallait un coupable, et j'étais toute désignée. Je viens de passer huit ans en prison avec des meurtriers de tous acabits et, croyez-moi, je suis bien placée pour connaître les motivations de ceux qui tuent. On tue par colère... on tue par vengeance... On ne tue jamais par indifférence. A l'époque du meurtre, Laurence ne me faisait plus aucun effet. J'avais cessé de l'aimer en découvrant qu'il y avait d'autres femmes dans sa vie. Bien sûr, ça ne s'était pas fait en un jour. Il m'avait fallu du temps pour digérer tout ça...

— D'où ce journal que vous teniez ?

— Oui. Au début, je notais tout. Je consignais chaque infidélité. J'espionnais ses coups de fil. Je le suivais quand il sortait. Alors il a commencé à se montrer plus prudent, et puis j'ai perdu tout intérêt pour ces histoires. Je m'en foutais.

Nikki s'est mise à rougir, il vaut mieux que je lui laisse un petit moment pour reprendre contenance.

— Je sais, poursuit-elle, tout fait penser que je l'ai tué par jalousie ou par colère. Mais, vraiment, je ne ressentais plus rien pour lui. J'avais décidé de ne plus m'occuper que de moi. J'avais repris des études, chacun vivait sa vie à part. Lui de son côté, moi du mien...

Elle laisse sa phrase en suspens.

Je continue à la questionner :

— Vous avez des soupçons? D'après vous, qui aurait pu tuer votre mari?

— Oh, je connais beaucoup de gens qui devaient en avoir envie, mais de là à le faire... Bien sûr, je pourrais échafauder plusieurs hypothèses. Mais ce ne seraient ni plus ni moins que des constructions abstraites, et je n'ai aucune preuve pour les étayer. Voilà ce qui m'amène chez vous.

— Pourquoi moi?

De nouveau, je la vois s'empourprer légèrement.

— Je me suis d'abord adressée à deux grosses agences : on m'a courtoisement envoyée promener. Alors, je suis tombée sur votre nom dans l'ancien répertoire de Laurence. Solliciter quelqu'un qu'il avait lui-même employé, j'ai trouvé la chose plutôt amusante. Je me suis renseignée sur vous auprès de Con Dolan, de la Criminelle.

Je fronce les sourcils.

— C'est lui qui avait été chargé de l'affaire, si je me souviens bien.

Nikki acquiesce d'un hochement de tête.

— C'est exact. Il m'a d'ailleurs dit que vous aviez une excellente mémoire. Ça tombe bien, car je n'ai aucune envie de tout réexpliquer depuis le début.

— Con Dolan pense que vous êtes innocente?

— Je ne crois pas. Mais j'ai purgé ma peine, comme on dit. Donc, pour lui, l'affaire est réglée, non?

Je l'observe un moment. Elle est franche et directe. J'aime ses manières simples, et ce qu'elle dit tient debout. D'autant plus que, d'après ma fameuse mémoire, Laurence Fife n'était pas un homme facile à vivre. En tout cas, il ne m'a jamais inspiré beaucoup de sympathie. Par ailleurs, si Nikki était vraiment coupable, je ne vois pas pourquoi elle chercherait à ressusciter toute cette histoire.

– Laissez-moi le temps de réfléchir, lui dis-je. Je vous rappelle avant ce soir pour vous faire part de ma décision.

– Merci. J'ai de l'argent, vous savez. Votre prix sera le mien.

– Je n'en doute pas, Mrs. Fife. Pour ressortir cette affaire des fonds de tiroirs, il faut plus que de l'argent. Il ne suffit pas de trouver le coupable, loin de là. Nous avons besoin d'établir un dossier solide, cohérent. Et cela risque d'être difficile, depuis le temps. Il faut que je réexamine le cas, pour voir comment il se présente.

Elle sort une enveloppe brune de son grand sac en cuir.

– Voici des coupures de journaux que j'avais découpées à l'époque, et le numéro où l'on peut me joindre.

Nous nous serrons la main. La sienne est fraîche et délicate, mais la poigne est vigoureuse.

– Appelez-moi Nikki, propose-t-elle.

– Très bien. Je vous rappellerai.

Comme je dois aller faire des photos dans la rue pour une enquête d'assurance, je quitte le bureau peu après le départ de Nikki Fife et je me retrouve sur l'autoroute au volant de ma petite voiture, une vieille Volkswagen beige, modèle 68, qui, au fil des kilomètres et des stationnements, a glané une belle collection d'éraflures. Elle aurait aussi besoin d'un sérieux réglage, mais je n'ai pas le temps de m'occuper d'elle. J'ai toujours eu la manie d'utiliser mes voitures comme fourre-tout, et celle-ci est pleine comme un œuf, bourrée de classeurs, dossiers, livres de droit et boîtes en carton dans lesquelles je transporte mes affaires. J'ai aussi mon petit automatique, à l'intérieur d'une sacoche, et un bidon d'huile pour moteur offert par un client qui s'était fait rouler par deux rois de l'arnaque. Ils lui avaient juré qu'il ferait l'affaire du siècle en investissant deux mille billets verts dans leur compagnie pétrolière. Seulement la compagnie était bidon. Quant aux bidons d'huile, ils les avaient simplement achetés dans un supermarché et avaient collé dessus de fausses étiquettes. Ça ne m'a pas pris plus d'une journée et demie pour retrouver la trace de ces escrocs.

En plus du fourbi décrit plus haut, je promène en permanence une mallette contenant chemise de nuit, brosse à dents et sous-vêtements de rechange en cas d'urgence. En fait, je crois que je n'accepterais jamais de déhotter comme ça, au pied levé, toutes affaires cessantes, à la demande d'un client. Mais je crois simplement que ça me sécurise d'avoir toujours sous la main mon petit nécessaire pour le cas où.

Tout en roulant, je pense à Nikki. L'enveloppe contenant les coupures de presse est posée sur le siège du passager, mais je n'ai pas besoin de les regarder pour savoir à quoi m'en tenir. Laurence Fife s'occupait essentiellement d'affaires de divorces et, dans le milieu judiciaire, il avait une réputation de battant. C'était un homme froid, méthodique, un arriviste sans scrupules tirant parti de tout ce qui pouvait le servir. En Californie, comme dans beaucoup d'Etats des U.S.A., les seuls motifs de divorce admis sont l'incompatibilité d'humeur et l'aliénation mentale d'un des conjoints. Se trouvent ainsi éliminées les fausses accusations d'adultère grâce auxquelles s'engraissaient jadis les cabinets d'avocats et les agences de détectives privés. Restent les questions concernant le partage des biens et la garde des enfants. Sur ce point, Laurence Fife obtenait toujours ce qu'il voulait pour ses clients. Ou plutôt ses clientes. Car c'étaient, pour la plupart, des femmes. On racontait qu'il avait consolé nombre de cœurs meurtris pendant la dure période séparant les tentatives de conciliation et le moment où le divorce était définitivement prononcé. Gagneur au tribunal, tombeur dans le privé. Telle était la réputation de Laurence Fife.

Il me laisse le souvenir d'un homme avisé, pratiquement dénué d'humour, mais précis. Un bon client, professionnellement parlant, car ses instructions étaient claires et il réglait d'avance. Apparemment, beaucoup de gens avaient de quoi le haïr. Les hommes parce qu'il leur faisait payer le prix fort, les femmes parce qu'il trahissait leur confiance. Il avait trente-neuf ans au moment de sa mort. Le fait que Nikki ait été accusée de meurtre, puis jugée et condamnée est, à mon avis, dû à une immense malchance. Hormis les cas où le coupable est de toute évidence un maniaque criminel, la police a tendance à rechercher les auteurs de meurtres dans l'entourage de la victime, ses proches et ceux qu'elle aimait. Et les chiffres prouvent qu'ils ont raison. De quoi frémir quand on dîne à la table familiale avec son mari et ses cinq bambins. Tous ces assassins en puissance qui vous tendent leur assiette...

Pour autant qu'il m'en souvienne, le soir du meurtre, Laurence Fife était allé prendre quelques verres en compagnie de Charlie Scorsoni, son associé. Nikki était à une réunion de club sportif et rentra chez elle la première. Laurence ne rentra qu'à minuit. Il souffrait d'allergies multiples et, avant de se coucher, prit son médicament habituel. Deux heures plus tard, il se réveilla avec des nausées, et se mit à vomir, victime de violentes crampes d'estomac. Au matin, il était mort. L'autopsie et les analyses montrèrent qu'il avait succombé à une ingestion de laurier-rose broyé en fine poudre et substitué au remède contenu dans la gélule. Si la technique utilisée n'était pas l'œuvre d'un génie, elle avait cependant été d'une indiscutable efficacité. Le laurier-rose est une plante toxique très répandue en Californie. Il y en avait un buisson dans le jardin des Fife. Sur la fiole contenant les gélules, on retrouva les empreintes de Laurence Fife et celles de sa femme. Parmi les objets personnels de Nikki, on trouva également le journal intime révélant qu'elle connaissait les infidélités de son mari, en éprouvait souffrance et colère, au point d'envisager un divorce. Avec une clairvoyance forçant l'admiration, le district attorney [1] établit que Laurence Fife aurait fait chèrement payé le divorce. Avec sa première femme, l'affaire avait été confiée à un confrère, mais son influence était évidente. Il avait obtenu la garde des enfants et de gros avantages financiers. Malgré le souci d'équité qui animait la justice de Californie, l'avocat avait eu une façon de manier les chiffres grâce à laquelle le partage avait en fait assuré à Laurence la part du lion. Tout indiquait que Nikki n'avait

1. Magistrat, représentant du ministère public, jouant également un rôle dans l'instruction.

pas voulu prendre le risque de se débarrasser de son mari par la voie légale et avait cherché d'autres moyens.

Le mobile était tout trouvé, et Nikki était la mieux placée pour introduire facilement la poudre de laurier-rose à l'intérieur de la gélule. Saisi de l'affaire, le grand jury [1] décida de l'inculper. Il y aurait donc procès. Aux jurés de trancher. Le sort de Nikki Fife se résumait alors à une question simple : qui serait le mieux à même d'emporter la conviction de douze citoyens ? L'accusation ou la défense ? Selon toute apparence, le district attorney avait bien potassé son affaire, et Nikki prit comme avocat Wilfred Brentnell de Los Angeles, un jeune ténor du barreau qui s'était déjà forgé une solide réputation de défenseur des causes perdues. Pour certains, cela équivalait pratiquement à un aveu de culpabilité. Nikki était jeune, belle et argentée. Le procès fit sensation dans la petite ville de Santa Teresa. On se pressa sur les bancs du public.

Personne n'aurait voulu rater ça.

---

1. Jury d'accusation.

# CHAPITRE II

Nichée au sud de la Californie, entre le Pacifique et les deux chaînes de la Sierra Madre, Santa Teresa est une délicieuse localité de quatre-vingt mille habitants, qui, pour la plupart, sont honteusement cousus d'or. Les édifices publics ressemblent à d'anciennes missions espagnoles, les résidences privées à des couvertures de magazines. Toujours entretenus avec le plus grand soin, les palmiers sont méthodiquement débarrassés des rameaux fanés qui pourraient heurter la vue. Avec ses collines gris-bleu en toile de fond et ses bateaux blancs qui dansent dans le soleil, la marina est une authentique image de rêve. Le centre-ville se compose essentiellement de maisons – stuc blanc et tuiles rouges – noyées sous le chatoiement des bougainvillées. Ici, pas de taudis. Même les bungalows préfabriqués des quartiers moins riches ont quelque chose de coquet.

L'hôtel de police se situe près du cœur de l'agglomération, dans une petite rue bordée de cottages peints en vert menthe et de jacarandas aux fleurs mauves. Dans le Sud de la Californie, l'automne est la saison des incendies. Ensuite vient l'hiver, ciel pluvieux et glissements de terrain, puis c'est de nouveau le statu quo et tout recommence. Pour le moment, nous sommes en mai.

Après avoir porté ma pellicule au labo photos, je me dirige vers la Criminelle et, plus précisément, chez le lieutenant Con Dolan. L'allure générale de Con est celle d'un individu

17

négligé. La cinquantaine avancée, il a de grosses poches légèrement violettes sous les yeux, des joues qui semblent perpétuellement couvertes de chaume grisâtre, de rares cheveux enduits d'une lotion pour hommes dont j'aime mieux ignorer la marque et peignés pour camoufler la calvitie qui fait briller son crâne. En le regardant de plus près, on se dit que c'est le genre de type à empester l'alcool et à aller cuver sous les ponts. Heureusement, ce n'est qu'une trompeuse apparence. Car, en dépit de son air de clochard, Con Dolan est plus malin que la plupart de ses clients. En principe, c'est lui qui coince les truands, et non l'inverse, et quand, d'aventure, il commet une erreur, c'est simplement l'exception qui confirme la règle. Peu de gens sont capables de le rouler. Cela tient peut-être à sa grande puissance de concentration ou à sa mémoire, précise et implacable.

Il sait ce que je viens faire chez lui. Il ne dit pas un mot et, d'un geste, m'invite à pénétrer dans son territoire. Pour n'importe qui, la pièce serait tout juste bonne à faire office de salle d'attente, mais pour Con Dolan c'est le bureau idéal. Il a horreur d'être enfermé et ne se soucie guère de préserver son intimité. Il aime mener son business en se balançant sur sa chaise et en écoutant ce qui se passe autour de lui. Des mines de renseignements lui parviennent de cette manière, et cela lui évite d'inutiles conversations avec ses hommes. Il sait tout des allées et venues de ses inspecteurs. Il sait qui on amène à l'interrogatoire. Il sait quand les rapports sont établis en retard et pour quelle raison. Bref, c'est un pro.

— Que puis-je faire pour vous, Kinsey?

Ça, ce sont les mots. Mais le ton indique que Con n'a aucunement l'intention de faire quoi que ce soit pour moi.

— J'aimerais jeter un coup d'œil sur le dossier Laurence Fife.

Il lève un sourcil et me regarde de biais.

— Ce n'est pas une bibliothèque publique, ici.

— Je ne veux pas emporter le dossier, mais juste le regarder. Vous m'avez déjà laissée faire ça, Con...

— Une fois.

— D'accord, dis-je. Mais, moi, je vous ai déjà fourni des

tuyaux plus souvent que ça, non? Alors, pourquoi me refuser un renseignement?

– L'affaire Fife est close.

– Raison de plus : ça protégera la liberté des témoins.

Un sourire se dessine lentement sur ses lèvres. Pas un bon sourire. J'ai l'impression qu'il prend plaisir à peser son pouvoir : le pouvoir de m'envoyer promener sans un mot d'explication.

– Elle l'a tué, Kinsey, dit-il enfin. Il n'y a pas à discuter là-dessus.

– C'est tout de même vous qui m'avez envoyé Mrs. Fife. Pourquoi vous être donné cette peine si vous n'avez pas l'ombre d'un doute?

– Oh, fait-il, mes doutes n'ont rien à voir avec l'affaire Laurence Fife.

– C'est-à-dire?

– Le dossier contient plus d'éléments qu'on ne pourrait penser. Nous avons peut-être intérêt à protéger ces informations...

– Est-ce que la police aurait ses petits secrets, par hasard?

– Des secrets, dit Con, j'en ai plus que tout ce que vous pourriez imaginer dans vos rêves les plus fous.

– Moi aussi, vous savez. Bon, on va jouer longtemps à ce petit jeu-là?

Je ne sais comment traduire l'expression de son regard. Peut-être un air ennuyé. Peut-être tout autre chose. Con Dolan est un homme difficile à déchiffrer.

– Vous savez très bien ce que je pense des gens comme vous, lâche-t-il.

– Les gens comme moi... Ecoutez, Con, j'ai toujours considéré qu'on faisait le même boulot que vous. Je ne sais pas ce que vous avez à reprocher aux autres privés de cette ville mais, moi, je ne vous ai jamais mis des bâtons dans les roues. Je ne vois vraiment pas pourquoi on ne pourrait pas collaborer.

Il me regarde d'un air résigné, en laissant tomber les coins de sa bouche. Puis il me lance d'un ton grincheux :

– Vous obtiendriez de meilleurs résultats avec moi si vous étiez, disons, plus gentille...

– Ça m'étonnerait. Vous trouvez que les femmes sont invivables. Si j'essayais de vous amadouer, vous m'enverriez balader vite fait, j'en suis sûre.

Il préfère ne pas relever et attrape son téléphone pour composer le numéro du service des archives et de l'identité judiciaire.

– Ici Dolan. Envoyez-moi Emerald avec les dossiers de l'affaire Laurence Fife.

Il raccroche, reprend sur sa chaise une position acrobatique qui me fascine, et me regarde d'un air dégoûté.

– Vous avez intérêt à ce que je n'entende pas parler de cette affaire, prévient-il. Si j'ai la moindre plainte de témoins qui se sentiraient harcelés, ou de n'importe qui, y compris mes hommes, croyez-moi, vous aurez des ennuis. C'est bien vu ?

Je dresse les trois doigts réglementaires et je salue en jurant :

– Je serai comme il faut, parole de scout !

– Vous avez été scout ? Mon œil, grogne Dolan.

J'objecte de ma voix la plus douce :

– Jeannette, pendant une semaine. Et puis on a voulu me faire peindre une fleur sur un mouchoir pour la fête des Mères. J'ai trouvé ça tellement inutile que j'ai laissé tomber.

Il ne sourit pas. Les dossiers arrivent, et il dit :

– Vous pourrez disposer du bureau du lieutenant Becker. Et surtout pas de salades.

Je m'installe dans le bureau de Becker.

Il me faut deux heures pour éplucher la pile de paperasses, mais je comprends vite pourquoi Con a fait des difficultés pour me donner le dossier : la première chose qui me tombe sous les yeux est une série de télex provenant des services de police de Los Angeles ouest. D'abord, je pense qu'il s'agit d'une erreur : qu'on a glissé par inadvertance des pièces concernant une autre affaire dans le dossier Fife. Puis les détails me sautent littéralement à la figure, et mon cœur se met à battre la chamade. Une femme du nom de Libby Glass, exerçant la profession de comptable, âgée de vingt-quatre ans, de race blanche, a également succombé à une ingestion de poudre de laurier-rose quatre jours seulement après la mort de Laurence Fife. La victime était employée par Haycraft & McNiece, l'organisme de gestion représentant le cabinet Fife. Qu'est-ce que cachait tout ça?

Je survole rapidement les rapports des enquêteurs en essayant de faire coller ensemble des morceaux aussi disparates que des comptes rendus impersonnels transmis par les services de police et de petites notes griffonnées au crayon pendant les coups de fil entre Los Angeles ouest et Santa Tercsa. L'une d'elles mentionne qu'une clef ouvrant la porte de l'appartement de Libby Glass a été retrouvée sur un trousseau, dans un tiroir du bureau de Laurence Fife. Les parents de la défunte ont subi un long interrogatoire qui n'a rien apporté à l'enquête. Un certain Lyle Abernathy, ancien amant de la victime, a lui aussi été interrogé. Malgré sa résistance à toute déclaration, je découvre que Libby Glass avait une liaison avec un « certain avocat de Santa Teresa », dont il refuse de livrer le nom. Les recherches ne sont guère allées plus loin, pourtant le lien entre les deux meurtres est évident. Et, si l'on admet que c'est Nikki qui a tué son mari par jalousie, on doit logiquement admettre qu'elle a aussi tué la maîtresse qui avait causé cette jalousie. Clair, net et sans bavures. A cela près qu'il n'y a aucune preuve.

Je note les renseignements qui m'intéressent – dernières adresses connues, numéros de téléphone – sans bien savoir si cela en vaut la peine après tant d'années. Puis finalement je me lève pour sortir. Con Dolan est en grande discussion avec le lieutenant Becker, ce qui ne l'empêche pas de repérer ma manœuvre. Il s'excuse, se lève aussi et approche, l'air satisfait de sentir que je n'ai pas laissé passer l'information capitale contenue dans le dossier. Je l'attends, appuyée contre la porte, pendant qu'il prend tout son temps pour me rejoindre en traînant le pas.

– Qu'est-ce que ça veut dire, Con?

– Tout simplement qu'on n'avait pas les éléments nécessaires pour établir un autre dossier solide, m'explique-t-il avec désinvolture.

– Donc vous pensez que Nikki a aussi tué la femme?

– Je serais prêt à le parier.

– Mais, apparemment, ce n'était pas l'avis du district attorney.

Dolan hausse les épaules et fourre les mains au fond de ses poches.

– Je connais le Code de l'Etat de Californie aussi bien que vous, dit-il. Et j'y ai lu avec beaucoup d'attention la définition des mots « preuves », « indices » et « pièces à conviction ». De plus, on m'avait ordonné de renvoyer mes limiers à la niche.

– Il n'y a rien d'autre que des indices dans ce dossier.

– C'est ce que je me tue à vous dire.

Je n'en dis pas plus, le regard fixé sur les vitres qui auraient bien besoin d'un bon nettoyage. La tournure des événements ne me plaît guère, et j'ai l'impression que Con Dolan est en train de s'en rendre compte.

– Je pense que j'aurais pu la coincer pour le deuxième meurtre, reprend-il en se dandinant, l'air mal à l'aise, mais le district attorney était pressé de régler l'affaire, et il ne voulait pas prendre de risques pour le premier dossier en en présentant un second qui n'était pas en béton. Je pense que c'est pour ça que vous n'avez pas voulu devenir flic, Kinsey. Vous n'aimeriez pas travailler en étant perpétuellement tenue en laisse par untel ou untel.

– Et je n'ai pas changé...

– C'est peut-être pour ça que je vous aide, dit Con en me regardant d'un air entendu.

– Pas de prolongement de l'enquête?

– Oh si. On a bossé pendant des mois sur l'affaire Libby Glass. On l'a examinée sur toutes les coutures. Nous et aussi les flics de Los Angeles. On n'a rien trouvé. Pas de témoins. Pas d'informateurs. Pas d'empreintes digitales permettant de montrer que Nikki Fife était allée chez Libby Glass. Pour tout dire, on n'a même pas pu prouver que Nikki Fife la connaissait.

– Et vous pensez que je vais vous établir le dossier en béton que vous aimeriez avoir?

– Ça, je n'en sais rien, dit Dolan avec sagacité. Mais,

après tout, pourquoi pas? Croyez-le ou non, je pense que vous êtes un bon privé. Un peu jeune, parfois un peu loufoque, mais, dans l'ensemble, efficace et honnête. Si vous découvrez des preuves contre Nikki Fife, je ne crois pas que vous les garderez pour vous.

– Si Nikki avait quelque chose à cacher, croyez-vous qu'elle relancerait toute l'affaire comme ça? Elle n'est pas idiote à ce point. Qu'aurait-elle à y gagner?

– Ça, c'est à vous de me le dire...

– Je suis déjà persuadée qu'elle n'a pas tué son mari, alors vous aurez du mal à me convaincre qu'elle a pu tuer quelqu'un d'autre.

Au même instant, le téléphone se met à sonner sur son bureau, à quelques mètres de là. Le lieutenant Becker va décrocher et lève un doigt pour attirer l'attention de Con Dolan, qui fait aussitôt demi-tour en m'adressant un sourire indéchiffrable :

– Amusez-vous bien! conclut-il.


De tous les logements que j'ai occupés à Santa Teresa, le placard à balais où je vis actuellement est indiscutablement mon préféré. Il donne sur une petite rue discrète, parallèle au large boulevard qui longe la mer. Le quartier est essentiellement habité par des retraités qui gardent encore en mémoire le bon temps où Santa Teresa n'était qu'hôtels de villégiature entourés de champs d'orangers. Henry Pitts, mon propriétaire, est un ancien boulanger. Agé de quatre-vingt-un ans, Henry arrondit ses fins de mois en fabriquant des mots croisés d'une scandaleuse difficulté qu'il aime tester sur moi. Il fabrique aussi de grosses miches de pain de campagne qu'il échange contre ses repas à un restaurant du coin. Dernièrement, il a découvert un nouveau truc consistant à rechercher systématiquement dans les magasins les timbres, coupons, ristournes, offres d'essai, bons de réduction en tout genre, et il prétend que, les jours fastes, il peut acheter des marchandises d'une valeur de 50 dollars en déboursant seulement 6,98 dollars. Je ne sais comment il se débrouille, mais il revient toujours de ses expéditions avec dans son sac une ou deux paires de bas dont il me fait cadeau. Tout le monde sait que je suis à moitié amoureuse d'Henry Pitts.

Sur à peine plus de quarante-cinq mètres carrés, mon logement regroupe chambre, living, cuisine, salle de bains, placard et buanderie. A l'origine, c'était le garage d'Henry et, Dieu soit loué, il ne comporte ni stuc, ni tuiles mexicaines ni vigne vierge. Il se compose exclusivement de montants d'aluminium et de matériaux industriels résistant aux intempéries, et qui ne réclament jamais un coup de peinture. Quant à son architecture, mieux vaut ne pas en parler. Voilà l'endroit où je trouve refuge chaque soir après le travail. C'est de là que je téléphone à Nikki Fife pour l'inviter à prendre un verre avec moi.

# CHAPITRE III

Quand j'ai un peu de temps à tuer, je vais traîner dans un bar-restaurant du nom de *Rosie's*. C'est le genre d'établissement où, avant de s'asseoir, on vérifie machinalement si la banquette est réellement propre. Le skaï des sièges est fendillé et, quand on porte des bas nylon, on risque de ne pas repartir avec des jambes impeccables. Des formules de politesse gravées main décorent les tables de Formica. Suspendu sur la gauche, au-dessus du bar, un espadon naturalisé prend la poussière et, quand elle trouve certains de ses clients trop imbibés, Rosie leur donne un pistolet d'enfant et les fait tirer dessus avec des fléchettes à ventouse. Pendant qu'ils se défoulent sur l'horrible animal, il n'y a pas de batailles rangées.

J'aime cet endroit parce qu'il est près de chez moi et qu'il n'attire pas les touristes, ce qui me convient parfaitement quand j'ai besoin de faire des rencontres discrètes. Et puis, pour la cuisine, Rosie fait preuve d'une imagination créatrice sans pareille. C'est avec elle qu'Henry Pitts troque sa boulange contre des repas à l'œil. Ainsi, je peux déguster, en prime, le pain et les tartes de mon logeur. La bonne soixantaine, Rosie possède un nez qui touche presque sa lèvre supérieure, un front bas et des cheveux teints d'une étonnante couleur rouille qui rappelle celle des meubles à bon marché en séquoia. Rosie exécute aussi avec son crayon à maquiller des trucs insensés qui lui font des yeux minuscules et un regard louche.

Nikki entre, marque un temps d'hésitation puis fait un tour d'horizon. Elle me repère et slalome entre les tables vides pour me rejoindre dans mon box habituel. Elle s'assied face à moi, enlève sa veste. Rosie approche, détaillant Nikki d'un air suspicieux. Elle est persuadée que je passe mon temps à rencontrer des mafiosi ou des gros bonnets de la drogue, et elle doit être en train de se demander dans quelle catégorie ranger Nikki.

— Vous mangez quelque chose, ou quoi? s'enquiert-elle avec son habituel sens de la diplomatie.

Je regarde Nikki.

— Vous avez dîné?

Elle me fait signe que non. Les yeux de Rosie pivotent vers moi et me fixent comme si je devais traduire à une sourde-muette un menu en chinois. Je lui demande ce qu'il y a de bon ce soir.

— Du porkolt, une spécialité hongroise. C'est du veau coupé en dés avec beaucoup d'oignons et mijoté dans une sauce tomate au paprika. Vous allez m'en donner des nouvelles. C'est mon ragoût préféré, pour vous dire! Et, sur un plateau à part, je vous apporte des petits pains préparés par Henry, du fromage blanc et des cornichons aigres-doux.

Même pas la peine de se casser la tête à choisir : elle était déjà en train de noter la commande sur son carnet, tout en continuant à faire l'article.

— Avec ça, ajoute-t-elle, il vous faut un bon petit vin. Je m'en occupe.

Et elle s'éclipse en direction de ses fourneaux. J'en profite pour raconter à Nikki ce que j'ai appris sur le meurtre de Libby Glass, sans rien lui cacher, pas même les coups de fil pour lesquels la police a établi qu'ils provenaient du poste personnel de Laurence.

— Vous la connaissiez?

— Le nom me dit quelque chose, répond Nikki. Il me semble l'avoir entendu prononcer par mon avocat à un moment du procès, mais je n'arrive même pas à me rappeler à quel sujet.

– Vous n'avez jamais entendu Laurence parler d'elle?
Vous n'avez jamais vu son nom écrit quelque part?

– Sur des lettres? C'est ça que vous voulez dire? Non. Il
était très prudent pour ce genre de chose. Il avait été une fois
cité comme correspondant dans une affaire de divorce à
cause d'une lettre qu'il avait écrite, et ça lui avait servi de
leçon : Ne jamais laisser de traces de ce genre.

Après avoir médité là-dessus un instant, je lui demande :

– Et les factures de téléphone? Est-ce qu'il les laissait
traîner?

– Jamais. Toutes les factures étaient adressées à Los
Angeles, au cabinet de gestion.

– Dont Libby Glass était la comptable...

– Apparemment, oui, dit Nikki.

– Alors... il lui téléphonait peut-être pour des raisons pro-
fessionnelles.

Nikki hausse les épaules. Elle n'est pas aussi distante que
ce matin, mais je la sens encore un peu décalée par rapport à
la réalité.

– En tout cas, il avait une liaison, affirme-t-elle.

– Comment le savez-vous?

– Ses horaires. Son comportement général.

Elle marque un silence, apparemment pour mieux se
replonger dans le passé, puis enchaîne :

– Il lui arrivait quelquefois de rentrer avec sur lui une
odeur de savon, qui n'était pas le nôtre. J'ai fini par le lui
faire remarquer : il a fait poser une douche dans ses bureaux
et il a acheté la même marque de savon qu'on utilisait à la
maison.

– Est-ce qu'il rencontrait des femmes à son bureau?

– Ça, demandez-le à son associé, répond Nikki d'un ton
légèrement mordant. C'est tout à fait possible. Peut-être
même qu'il les culbutait sur les canapés de la salle d'attente
mais, ça, je n'en sais rien. Ce que je sais, c'est qu'il y avait
souvent de petites choses pour le trahir. C'est... c'est un peu
ridicule de raconter ça aujourd'hui, mais, par exemple, il est
rentré un jour avec une chaussette à l'envers. C'était l'été et
il m'a raconté qu'il était allé jouer au tennis. D'ailleurs, il

était en tenue de tennis et en nage. Mais je savais bien que ce n'était pas sur un court qu'il avait transpiré comme ça. Je l'ai vraiment bien coincé, cette fois-là.

— Et que disait-il quand ça arrivait?

— Il lui arrivait d'avouer. Pourquoi pas, après tout? Je n'avais aucune preuve et, de toute manière, l'adultère n'est plus un motif de divorce dans cet Etat...

Voilà Rosie qui revient avec le vin et des couverts enveloppés dans des serviettes de papier. Nous nous taisons jusqu'à ce qu'elle reparte puis je demande à Nikki pourquoi elle est restée mariée avec Laurence s'il était vraiment aussi pourri qu'elle le décrit.

— Peut-être par lâcheté, dit-elle. Je pense qu'au bout du compte, j'aurais fini par divorcer, mais j'hésitais parce qu'il y avait d'autres enjeux, qui pesaient lourd dans la balance.

— Votre fils?

Elle relève légèrement le menton. Fierté ou attitude de défense? Je ne saurais le dire.

— Oui. Colin, mon fils.

Je poursuis sur le même chapitre :

— A l'époque, les enfants de Laurence vivaient aussi avec vous, je crois.

— Exact. Ils s'appellent Greg et Diane. Ils n'avaient pas terminé leurs études.

— Qu'est-ce qu'ils sont devenus?

— Aucune idée. L'ex-femme de Laurence habite ici, à Santa Teresa. C'est plutôt à elle que vous devriez poser cette question.

— Ils vous ont jeté la pierre après la mort de leur père?

Elle se penche par-dessus la table, bouillonnante maintenant de violence intérieure.

— Tout le monde m'a jeté la pierre. Tout le monde a jugé que j'étais coupable. Et maintenant, si je comprends bien, Con Dolan me croit aussi coupable du meurtre de cette Libby Glass. C'est bien là que vous voulez en venir, je suppose?

— Justement, non. L'opinion de Dolan ne regarde que lui. Pour ma part, je ne vous crois pas coupable, et j'accepte d'aller regarder de plus près dans cette affaire. A ce propos, je pense qu'il faudrait d'abord se mettre d'accord sur l'aspect financier des choses. Je prends trente dollars de l'heure, plus les indemnités kilométriques. Il me faudrait aussi une avance d'au moins mille dollars. Je vous enverrai chaque semaine un état détaillé des heures de travail effectuées à votre service. Vous devez aussi comprendre que je n'accorde pas d'exclusivité et qu'il m'arrive de travailler sur plusieurs affaires en même temps.

Je n'ai pas fini de parler que Nikki ouvre son sac d'où elle tire un chéquier et un stylo. En lisant à l'envers, je vois qu'elle m'établit un chèque de cinq mille dollars. Je ne peux m'empêcher d'admirer la désinvolture avec laquelle elle le signe et le glisse vers moi. Même pas besoin de vérifier l'approvisionnement de son compte. Je prends le chèque et je le mets dans mon sac en essayant d'avoir l'air aussi détachée qu'elle.

Troisième apparition de Rosie. Avec notre dîner, cette fois. Elle nous sert puis reste plantée près de la table jusqu'à ce que nous ayons commencé à manger. Je sais ce qu'elle attend et je ne tarde pas à commenter :

– Hummm... C'est un régal, Rosie !

Elle se trémousse sur place mais ne bat toujours pas en retraite.

– Mais si, bien sûr, s'empresse d'ajouter Nikki. Sensationnel ! Vraiment.

Je l'appuie avec ferveur :

– Vous voyez bien, Rosie... Elle adore.

Lentement, le regard de Rosie pivote vers Nikki, mais il lui faut encore un petit moment pour se convaincre que Nikki se régale autant que moi.

Nous commençons à manger en laissant la conversation se dérouler d'elle-même. Le bon repas et le vin aidant, Nikki semble abaisser progressivement sa garde. On dirait qu'elle exorcise une malédiction qui l'a paralysée pendant des années.

Je lui demande :

– A votre avis, par où dois-je commencer ?

– Je ne sais pas, quoique... J'ai toujours été intriguée par la secrétaire qu'il avait à l'époque. Une certaine Sharon Napier. Elle travaillait déjà pour lui quand j'ai connu Laurence. Il y avait quelque chose qui ne collait pas... Quelque chose dans l'attitude de cette fille...

– Vous pensez qu'ils se fréquentaient ?

– Non. Je n'arrive pas à savoir ce qu'il pouvait y avoir entre eux, mais je suis bien persuadée qu'il n'y avait pas de liaison. Pourtant, il s'était passé quelque chose. Elle avait avec lui des comportements sarcastiques qu'il n'aurait jamais tolérés de la part d'une autre. La première fois que je l'ai entendue faire une réflexion à Laurence, j'ai cru qu'il allait la couper en rondelles, mais il n'a pas bronché. Elle refusait d'emporter du travail à la maison, de rester tard le soir, de venir travailler le week-end quand il avait une affaire importante. Et lui se laissait faire. Quand il était débordé, il prenait une intérimaire, et voilà tout. Ça ne lui ressemblait vraiment pas. J'ai fini par le lui dire. Il m'a répondu que j'étais folle, que je cherchais sans cesse la petite bête. C'était aussi une très belle femme, rien à voir avec les petites nanas passe-partout qu'on rencontre habituellement dans les bureaux.

– Et vous savez où on peut la trouver ?

Nikki fait signe que non.

– Elle habitait Rivera, mais elle n'y est plus. Enfin, je veux dire qu'elle n'est plus dans l'annuaire.

Je note la dernière adresse connue de Sharon Napier.

– Je suppose que vous n'étiez pas vraiment intimes...

Nikki accueille ma remarque avec un haussement d'épaules.

– Les rapports de routine quand je téléphonais au cabinet, rien de plus.

– Une idée sur ses amis ? Les endroits qu'elle fréquentait ?

– Pas vraiment. J'ai simplement l'impression qu'elle vivait très au-dessus de ses moyens. Dès qu'elle avait l'occasion de s'offrir un voyage, elle le faisait. Elle mettait beaucoup plus cher que moi dans ses vêtements.

– Elle est venue témoigner à votre procès, si je me souviens bien.

– Oui, répond Nikki. Malheureusement, elle avait assisté à plusieurs méchantes disputes que j'avais eues avec Laurence. De bons éléments à charge.

– Ça mérite qu'on y regarde de plus près. Je vais voir si je trouve quelques tuyaux sur son compte. Et, au sujet de votre mari, vous ne voyez rien à ajouter? Est-ce qu'il avait des ennuis personnels au moment de sa mort? Pas de soucis particuliers, pas de grosse affaire en justice?

– Je ne vois pas, fait Nikki. En réalité, il avait toujours une grosse affaire en cours.

Le mieux serait donc de rendre visite à Charlie Scorsoni, voir ce qu'il a à raconter. Ça fera peut-être un point de départ.

Comme je connais les tarifs de Rosie, je laisse le prix des repas sur la table, et nous sortons. La voiture de Nikki est garée tout près. C'est une grosse Oldsmobile vert sombre. Le dernier cri d'il y a une dizaine d'années. J'attends qu'elle parte, puis je fais demi-tour et je rentre à pied chez moi, à deux pas d'ici.

Je me sers un verre de chablis bien frais et je m'assieds pour organiser les quelques renseignements dont je dispose. J'ai un système de travail consistant à noter les données sur des fiches alphabétiques. La plus grande partie de mes notes a trait aux témoins : leur identité, leurs interventions dans l'enquête, les dates des entrevues et le suivi de l'affaire. Certaines fiches contiennent des informations de fond qu'il me faut vérifier, d'autres des considérations techniques à caractère juridique. Je les épingle souvent sur un grand panneau d'affichage au-dessus de mon bureau et je les observe en me racontant l'histoire telle que je la sens. Parfois, d'étonnantes contradictions me sautent aux yeux. Je m'aperçois ainsi des lacunes de l'enquête et je découvre des éléments que j'avais laissés passer sans les remarquer.

Aujourd'hui, pourtant, je ne me sens pas d'humeur à faire le point sur l'affaire Nikki Fife. Je n'ai pas suffisamment de fiches et je ne voudrais pas formuler des hypothèses trop précoces, qui risqueraient de fausser la suite de mon enquête. Je me contente donc de faire un bilan rapide; il est clair, tout d'abord, que, dans le cas de ce meurtre, l'alibi ne joue aucun rôle. Quand on s'est donné la peine de remplacer le contenu d'une gélule d'antihistaminique par du poison, tout ce qu'on a à faire ensuite, c'est d'attendre patiemment la suite des événements. A moins d'accepter le risque de tuer plusieurs membres de la maisonnée, il convient également de vous assurer que la personne visée est la seule à prendre le médicament en question. Ce procédé a l'avantage indiscutable de ne pas nécessiter votre présence au moment du crime. Pas de poignard, de hache, de matraque ou d'étranglement. Même quand le désir de tuer est violent, il y a toujours quelque chose d'extrêmement désagréable à voir sa victime expirer, et à rester là pendant qu'elle rend son dernier soupir dans un sinistre gargouillis. En outre, l'intervention directe comporte toujours le risque d'un retournement de situation, auquel cas, c'est vous qui vous retrouvez à la morgue dans un caisson réfrigéré.

A première vue, la méthode du laurier-rose peut paraître artisanale mais, tout bien réfléchi, elle est très astucieuse. Ces petits arbustes poussent comme du chiendent à Santa Teresa. On en trouve partout, couverts de fleurs roses ou blanches. Alors, à quoi bon attirer l'attention sur soi en achetant de la mort-aux-rats dans une ville où tout le monde sait qu'il n'y a pas de rats. Ou en s'affublant d'une fausse moustache pour aller à la droguerie du coin demander un pesticide puissant qui ne laisse pas d'arrière-goût amer? Au fond, le système utilisé pour supprimer Laurence Fife – et, apparemment, Libby Glass – est pratique, gratuit et facile à mettre en œuvre. Je note encore une ou deux questions que j'aimerais tirer au clair, puis j'éteins la lumière.

Il est minuit passé quand je m'endors.

# CHAPITRE IV

Le lendemain, j'arrive au bureau de bonne heure pour taper mes premières notes sur le dossier Nikki Fife. J'inscris également la nature exacte de la mission que l'on m'a confiée et je précise qu'une avance de cinq mille dollars m'a été versée la veille par chèque. J'appelle ensuite le bureau de Charlie Scorsoni. Sa secrétaire m'apprend qu'il a un peu de temps libre en milieu d'après-midi. Je prends rendez-vous pour 15 h 15 et je passe le reste de la matinée à chercher des renseignements sur son compte. Quand on interroge quelqu'un pour la première fois, il est toujours intéressant d'avoir un minimum d'informations dans ses bagages. Une visite aux archives judiciaires, au bureau de crédit et dans les sous-sols du quotidien local me permettent de brosser un rapide portrait de l'ancien associé de Laurence Fife. Charlie Scorsoni est apparemment célibataire, propriétaire de sa maison, il paie ses factures en temps et en heure, n'a jamais été arrêté ni poursuivi en justice. C'est un homme d'âge moyen, plutôt conservateur, qui ne risque pas son argent au jeu ou sur le marché des valeurs et mène une vie peu aventureuse. Je l'ai entrevu une fois ou deux au procès et je me souviens d'une silhouette plutôt rondouillarde. Le bureau où il exerce à l'heure actuelle n'est pas bien loin du mien, et je m'y rends à pied.

Le bâtiment proprement dit ressemble à un château

mauresque : deux niveaux avec des fenêtres profondément encastrées, surmontées de grilles en fer forgé, et une tour d'angle qui a une assez fière allure. Le cabinet Scorsoni & Powers se trouve au premier étage. Je pousse une lourde porte de bois sculpté et je me retrouve dans une petite salle d'attente, foulant une moquette épaisse comme de la mousse et à peu près de la même couleur. Les murs sont blancs, décorés de diverses aquarelles, toutes abstraites. Il y a quelques plantes et deux gros divans de velours vert tilleul, disposés à angle droit sous une rangée de petites fenêtres.

La secrétaire affiche bien soixante-dix ans et, pendant une seconde, je me demande s'ils ne l'ont pas enlevée à une association de gérontologie. Elle a des cheveux coupés court très années vingt et des lunettes aux montures ornées de papillons en strass. Elle porte une jupe de lainage et un chandail mauve pâle qu'elle a dû tricoter elle-même. Une merveille de point natté, côtes torsadées et picot appliqué. Je me mets aussitôt à admirer les points compliqués entrant dans la composition de l'ouvrage en les désignant par leur nom, et il ne nous en faut pas plus pour devenir les meilleures amies du monde. Tout ça grâce à ma bonne vieille tante qui m'a élevée dans le sacro-saint culte du tricot! La conversation s'engage : ma nouvelle amie s'appelle Ruth. Un petit quelque chose de biblique qui lui va comme un gant.

Ruth est très bavarde, c'est une petite femme pleine d'énergie. J'ai l'impression qu'elle serait parfaite pour Henry Pitts. Comme Charlie Scorsoni me fait languir, je me venge en tirant les vers du nez de Ruth. Elle me raconte qu'elle travaille pour Scorsoni et Powers depuis qu'ils se sont associés, il y a sept ans. Son mari l'avait plaquée pour une jeunette de cinquante-cinq ans. Ruth, qui avait alors soixante-deux ans, pensait ne jamais retrouver de travail.

– J'étais pourtant en pleine forme, précise-t-elle.

Elle était efficace et responsable, mais, bien sûr, se faisait damer le pion par des gamines impertinentes et inexpérimentées qui montraient mieux leurs jambes que leurs compétences.

— Plus grand-chose en devanture, ajoute-t-elle en gloussant. Les seuls rembourrages qui me restent me servent à m'asseoir.

Je ne tarde pas à me rendre compte que Scorsoni et Powers sont de fins renards. En fait, Ruth en pince pour l'un comme pour l'autre. Elle ne tarit pas d'éloges sur eux. Quand, quarante-cinq minutes plus tard, je suis finalement introduite dans le bureau de Charlie Scorsoni, je me retrouve en face d'un homme qui ne correspond guère à ce que j'attendais.

Scorsoni est solidement charpenté mais, contrairement à l'image que j'en avais gardée, il a perdu son embonpoint. Ses cheveux sont blonds et épais, ses tempes dégarnies, et sa mâchoire carrée accentue son aspect viril. Des lunettes à verres non cerclés agrandissent ses yeux bleus. Sa cravate est desserrée, son col ouvert, et ses manches de chemise sont roulées aussi haut que le permettent ses musculeux avant-bras.

— Ruth me dit que vous avez quelques questions à me poser au sujet de Laurence Fife, fait-il, renversé dans son fauteuil, les pieds posés sur le bord de son bureau. Qu'est-ce qui se passe?

— Je ne le sais pas encore. J'enquête sur sa mort, et il me semble logique de commencer mes recherches en venant vous voir. Je peux m'asseoir?

Il m'invite à le faire d'un geste presque désinvolte, mais son expression a changé. Je m'assieds. Scorsoni se redresse sur son siège.

— Il paraît que Nikki est sortie en liberté conditionnelle, reprend-il. Elle aurait du culot de toujours prétendre que ce n'est pas elle qui a tué son mari.

— Je ne vous ai pas dit que je travaillais pour elle.

— Non, mais ça va de soi. Je ne vois pas qui d'autre pourrait payer quelqu'un pour enquêter là-dessus.

— Vous en êtes si sûr? Mais, dites-moi, Mr. Scorsoni, on dirait que ça vous ennuie de parler de ça.

– Ecoutez-moi bien, il faudrait quand même comprendre une chose : Laurence était mon meilleur ami. J'aurais tout fait pour lui.

Il me regarde bien en face. Mais, sous les apparences, je sens qu'il est rongé par le remords, ou la colère refoulée. Difficile de trancher.

Je lui demande s'il connaissait bien Nikki.

– Disons assez bien...

Il a totalement perdu cette allure de bête sexuelle qu'il avait tout à l'heure quand je suis entrée. Je me demande s'il arrive à mettre son sex-appeal de côté, comme on range ses lunettes. En tout cas, il n'est plus tout aussi à l'aise.

– Comment avez-vous connu Laurence ?

– Nous étions en fac ensemble à Denver, répond Scorsoni. Laurence était un play-boy. On aurait dit que tout lui tombait toujours sur un plateau. Ensuite, il est allé faire son doctorat en droit à Harvard, et moi à l'université d'Etat de l'Arizona. Ses parents avaient de l'argent, pas les miens. Nous nous sommes perdus de vue pendant quelques années, puis j'ai appris qu'il avait ouvert un cabinet juridique ici, et je suis venu le voir. Je lui ai proposé de travailler pour lui. Il était d'accord. Deux ans plus tard, il me demandait de devenir son associé.

– Etait-il déjà marié avec sa première femme à cette époque ?

– Avec Gwen ? Oui. Elle habite toujours ici, d'ailleurs. Elle a un salon de toilettage pour chiens quelque part sur State Street. Elle s'est terriblement aigrie et c'est le genre de personne que j'essaie de ne pas croiser dans la rue.

Il me regarde sans ciller, et tout à coup j'ai le sentiment qu'il sait très précisément ce qu'il va me dire et ce qu'il va me cacher. Je relance :

– Et Sharon Napier ? Elle travaillait pour lui depuis longtemps ?

– Elle était déjà là quand je suis arrivé. Mais elle n'en fichait pas une rame. J'ai fini par embaucher une fille pour mon secrétariat personnel.

– Elle s'entendait bien avec Laurence ?

– Ça avait l'air. Elle est restée dans la région jusqu'à la fin du procès puis elle s'est envolée. Elle m'a arnaqué d'un acompte que je lui avais versé sur son salaire. Si vous la retrouvez, ce serait gentil à vous de me dire ce qu'elle est devenue. Je me ferais un plaisir de lui envoyer un petit mot pour lui rappeler que je n'ai pas oublié le bon vieux temps...

– Le nom de Libby Glass vous dit quelque chose?

– Qui ça?

– Libby Glass. Elle travaillait chez Haycraft & McNiece. C'est la comptable qui s'occupait de votre affaire.

Pendant un petit moment, le regard de Scorsoni reste fixe, comme égaré, puis il demande soudainement:

– Qu'est-ce qu'elle a à voir là-dedans?

– Elle est morte, empoisonnée au laurier-rose, à peu près à la même date que Laurence Fife.

Je guette sa réaction. Apparemment, ça le laisse de marbre. Il imprime simplement à sa lèvre inférieure une petite moue sceptique puis hausse les épaules.

– C'est la première fois que j'entends ce nom, fait-il. Mais je suppose que vous savez de quoi vous parlez.

– Vous l'avez déjà rencontrée?

– Probable. On se partageait la paperasserie, Laurence et moi. En règle générale, c'était lui qui avait les contacts directs avec l'organisme de gestion. Mais il m'arrivait quand même de le remplacer de temps à autre, il est donc fort possible que j'aie rencontré cette femme.

– Il paraît qu'elle était sa maîtresse...

– Ne comptez pas sur moi pour les diffamations, riposte sèchement Scorsoni.

– Ça n'est pas ce que j'attends de vous, dis-je prudemment. Mais dire qu'il était coureur n'a rien de diffamatoire. Je ne voudrais pas avoir l'air d'insister, mais vous vous rappelez le nombre de femmes qui ont témoigné en ce sens au procès...

Scorsoni sourit en regardant les gribouillis qu'il est en train de dessiner sur son bloc puis il lève les yeux pour me dévisager d'un air rusé.

– Permettez-moi une précision. Premièrement, Laurence n'a jamais mis personne de force dans son lit. Deuxièmement, je ne pense pas qu'il se serait lancé dans une aventure avec une relation d'affaires. Ce n'était pas son style.

– Et ses clientes? Vous n'allez pas prétendre qu'il n'a jamais eu d'aventure avec une cliente?

– Vous me permettrez de garder le silence là-dessus.

– Et vous? Est-ce que vous auriez ce que vous appelez si joliment « une aventure » avec l'une de vos clientes?

Il sourit :

– Pas envisageable. La plus jeune a quatre-vingts ans. Laurence s'occupait des divorces, moi des questions d'immobilier.

Il jette un coup d'œil à sa montre et recule son fauteuil.

– Excusez-moi, je suis obligé d'écourter cette entrevue. Il est 16 h 15 et j'ai un dossier à préparer.

– Désolée. Je ne voulais pas abuser de votre temps. Je vous remercie de m'avoir reçue aussi rapidement.

Scorsoni me raccompagne. Je sens la chaleur que dégage son corps massif. Il me tient la porte, le bras gauche appuyé sur le chambranle. De nouveau, c'est la bête masculine qui réapparaît derrière son regard provocateur.

– Bonne chance, me souhaite-t-il. J'ai l'impression que vous allez en avoir besoin.


Je passe rechercher les photos que j'ai faites pour la California Fidelity. La plaignante, une certaine Marcia Threadgill, réclame une indemnité prétendant qu'elle a fait une chute en trébuchant sur la saillie provoquée par l'action combinée de racines d'arbres et d'un affaissement du sol. Une portion de trottoir fait partie d'un passage commercial, et Miss Threadgill attaque le propriétaire d'une boutique d'artisanat auquel elle appartient. La facture de frais médicaux plus l'indemnité pour le temps durant lequel Miss Threadgill a été dans l'incapacité de travailler s'élève à environ cinq mille dollars. Ce n'est pas une grosse affaire mais, par mesure de routine, la compagnie d'assurances m'a demandé de faire une enquête rapide pour m'assurer que la plainte n'était pas une arnaque.

L'appartement de Marcia Threadgill se situe dans un immeuble construit sur le flanc d'une colline qui domine la mer. C'est à quelques pas de chez moi. Je gare ma voiture en contrebas et je sors mes jumelles de la boîte à gants. En m'allongeant sur le dos, j'arrive juste à prendre le patio en ligne de mire. Le grossissement est assez net pour me permettre de noter que l'occupante des lieux n'arrose pas ses fougères comme elle le devrait. Je ne connais pas grand-chose à la culture des plantes d'appartement mais, quand tout ce qui devrait être vert devient brun, la question ne se pose pas. Parmi les fougères de Miss Threadgill, j'aperçois cette vilaine variété croissant en produisant des espèces de petites pattes grises et velues qui, à la longue, finissent par ramper à l'extérieur du pot. Quiconque est assez pervers pour posséder une de ces monstrueuses plantes doit avoir une tendance innée à la fraude. Déjà, j'imagine Marcia Threadgill en train de soulever gaillardement des sacs de quinze kilos de terreau pour ses fougères alors qu'elle est sensée avoir la colonne vertébrale en capilotade. Je surveille son patio pendant une heure et demie, mais elle ne se montre pas. Un de mes vieux confrères disait toujours que, pour ce genre de travail de planque, les hommes ont un gros avantage sur nous : ils peuvent soulager leur vessie discrètement dans une boîte à balles de tennis sans quitter leur voiture. J'en viens à perdre mon intérêt pour le cas de Marcia Threadgill, et pour tout dire je connais une envie qui commence à devenir urgente. Je tiens encore le coup quelques minutes, puis je range mes jumelles et je repars vers le centre-ville. En route, je fais une halte salutaire dans la première station-service.

Puis je passe par le bureau de crédit où mon vieux copain me laisse mettre mon nez dans des dossiers auxquels, d'ordinaire, le public n'a pas accès. Je lui demande aussi de voir s'il trouve quelque chose au sujet de Sharon Napier, et il me promet de faire signe dès qu'il a quelque chose. Je fais une ou deux petites courses personnelles et je regagne mes pénates. Journée pas très satisfaisante. Mais tel est mon lot quasi quotidien : recherches, vérifications, recoupements, remplissage des parties laissées en pointillé. Les qualités de base d'un bon enquêteur sont la patience et l'esprit de continuité. Il se trouve qu'incidemment la société a, pendant des siècles et des siècles, éduqué les femmes à ces deux vertus. Je m'assieds à mon bureau et je donne un rôle à Charlie Scorsoni dans plusieurs de mes fiches. L'entrevue a été déroutante, et j'ai dans l'idée que je n'en ai pas terminé avec ce monsieur.

# CHAPITRE V

A 9 heures du matin, je sors de chez moi et je prends la direction du nord par Chapel Avenue. Je m'arrête en chemin pour faire le plein à une pompe self-service et comme d'habitude je me dis que c'est un des petits plaisirs de la vie d'être capable de faire moi-même ce genre de chose. Il est 9 h 15 quand je trouve *K-9 Korners*. Le salon de toilettage est accolé à un cabinet vétérinaire situé dans State Street, juste dans le grand virage. Une pancarte dans la vitrine indique que l'établissement ouvre à 8 heures. Plus loin se trouve un magasin de sport où l'on peut admirer un sac de couchage marron exposé dans la vitrine et un mannequin en tenue de camping qui contemple avec fascination un piquet de tente.

Je fais mon entrée dans *K-9 Korners*, ovationnée par un concert d'aboiements. En principe, je préfère garder mes distances avec la gent canine. Ces bestioles ont la sale manie de me coller leur truffe droit au point stratégique. Il m'est même arrivé de traîner avec moi sur plusieurs mètres des spécimens de petite taille particulièrement entreprenants, agrippés à ma jambe qu'ils confondaient sans doute avec une cavalière. Comment peut-on, après cela, regarder ce genre de bête avec sympathie?

Dans un présentoir vitré s'amoncelle toute une gamme de produits pour toutous. Le mur est décoré de photos de chiens et de chats. A ma droite, derrière une porte-saloon, j'aperçois les salles de toilettage où plusieurs chiens sont en train de subir leurs soins de beauté. La plupart tremblent de terreur en roulant des yeux pitoyables. L'un d'eux est en train de se faire faire un toupet, entre les deux oreilles, avec un joli ruban rouge. Sur une table, il y a une quantité d'objets qui ne dépareraient pas sur la coiffeuse d'une femme élégante.

— Je peux vous aider, madame? s'enquiert la toiletteuse.

— Vous avez remarqué que votre chien est en train de manger les jolies anglaises que vous venez de lui faire?

Elle baisse les yeux vers la table et s'exclame :

— Oh, Dashiell! encore? Non! Excusez-moi un instant, ajouta-t-elle.

Elle abandonne Dashiell, tremblant sur sa table, et attrape une sorte de long fer à friser qu'elle utilise d'une main experte pour faire disparaître les traces de l'accident. Il faut avoir le moral pour faire ce métier! La femme a environ quarante-cinq ans. Elle a de grands yeux bruns et des cheveux gris qui tombent à hauteur des épaules mais qui, actuellement, pour les besoins de la cause, ont été ramenés en arrière et noués avec un foulard. Elle porte un sarrau lie-de-vin et je note qu'elle est grande et mince.

— Vous êtes Gwen?

Tout en continuant son travail, elle me regarde avec un bref sourire.

— C'est bien moi.

— Je me présente : Kinsey Millhone, détective privé.

Gwen laisse échapper un éclat de rire.

— Hou là... Qu'est-ce qui se passe?

Elle jette les serviettes de papier puis va ouvrir la porte-saloon.

— Entrez, dit-elle. Je suis à vous dans un instant.

Elle soulève Dashiell de la table et l'emporte dans la pièce du fond. D'autres chiens se mettent à aboyer. J'entends une soufflerie, qui ne tarde pas à s'arrêter. L'atmosphère est moite de chaleur, de relents de poil mouillé, chargée de remugles : un mélange de produits anti-puces et de parfums pour chiens. Le lino brun sur le sol est couvert de chutes de poils. On se croirait un peu chez le coiffeur. Une jeune femme est en train de tondre un caniche à une autre table.

Elle se tourne vers moi avec curiosité, tandis que Gwen vient me rejoindre, un petit chien gris sous le bras.

— Voici Wuffles, annonce-t-elle en attrapant le museau de l'animal.

Wuffles se débat en essayant de lui lécher la figure. Elle recule la tête en riant et en faisant la grimace.

— J'espère que ça ne vous ennuie pas si je termine celui-ci, dit-elle. Asseyez-vous.

Elle m'indique un tabouret métallique. Je m'y perche en hésitant à prononcer le nom de Laurence Fife. D'après ce que m'a dit Charlie Scorsoni, je risque de gâcher la bonne humeur de Gwen.

Elle commence à couper les griffes de Wuffles en tenant l'animal plaqué contre elle pour empêcher tout mouvement brusque.

— Vous êtes du coin, je suppose, observe-t-elle tout en officiant.

— Oui. J'ai un bureau dans le centre-ville, dis-je en montrant presque mécaniquement ma carte.

Elle y jette un coup d'œil détaché. Visiblement, mes lettres de noblesse ne l'intéressent pas, et elle me croit sur parole. Ça m'étonne toujours que les gens puissent me faire confiance de la sorte. J'attaque :

— Je me suis laissé dire que vous aviez été la femme de Laurence Fife.

— C'est vrai, oui. C'est lui qui vous intéresse, alors ? Mais il est mort depuis plusieurs années.

— Je sais, mais on m'a demandé de rouvrir l'enquête.

— Très intéressant. Et qui vous l'a demandé ?

— Nikki, dis-je. Qui voulez-vous que ce soit d'autre ? J'ai le feu vert de la Criminelle. Acceptez-vous de répondre à quelques questions ?

— D'accord.

Le ton est prudent, mais je sens une pointe de curiosité. Comme si elle trouvait ma démarche bizarre mais pas forcément dénuée d'intérêt.

— Vous n'avez pas l'air plus étonnée que ça, dis-je en manière d'introduction.

– Pourtant, je le suis. Je pensais que l'affaire était bel et bien close.

Elle appelle une de ses employées, une certaine Kathy, et lui demande une bombe d'insecticide que la jeune femme lui apporte, et Gwen se met à occire les puces de Wuffles tout en détournant la tête pour éviter de respirer l'aérosol.

– Allez-y, dit-elle.

– Pendant combien de temps avez-vous été mariée avec Laurence Fife?

– Treize ans. Nous avions fait connaissance à la fac. Il était en troisième année, moi en première.

– Des années heureuses?

– J'ai appris à mettre pas mal d'eau dans mon vin avec le temps, dit Gwen. Après la rupture, je me disais que notre vie commune n'avait été qu'un immense gâchis. Maintenant je ne suis plus si catégorique. Vous-même, vous connaissiez Laurence?

– Très superficiellement. Je l'avais rencontré une fois ou deux.

Gwen se met à faire la grimace.

– Quand il le voulait, il était capable d'être tout à fait adorable, reprend-elle. Mais, au fond de lui-même, c'était vraiment un sale type.

Depuis la table où elle travaille, Kathy lui lance un coup d'œil en souriant. Gwen s'esclaffe.

– Kathy, et aussi Jan la shampooineuse, ont entendu ma version des faits une bonne centaine de fois, explique-t-elle. Elles ne sont pas mariées, et je m'efforce de jouer l'avocat du diable pour qu'elles ne commettent jamais cette grossière erreur. Moi, j'ai été l'épouse modèle. Je faisais la cuisine, les courses, le ménage, et j'élevais les enfants. J'avais des tenues à mettre et à enlever, un peu comme une poupée Barbie.

Elle se tait une seconde en riant de l'image qu'elle donne d'elle-même, puis fait le geste de se débarrasser d'une corde nouée à son cou.

– J'ai piqué une colère terrible quand on a rompu, poursuit-elle. Pas tellement contre Laurence, mais contre moi, pour avoir marché comme ça. Quelle idiote! Attention, comprenez-moi bien : à l'époque, j'aimais jouer ce rôle. Je m'y retrouvais tout à fait. C'est seulement après que je suis tombée de haut. J'étais totalement incapable de me colleter avec la réalité. C'est lui qui gérait l'argent et tirait les ficelles. Il prenait toutes les décisions importantes, surtout celles qui concernaient les enfants. Moi, je leur donnais leur bain, je les habillais, je les faisais manger. Lui modelait leur vie. Je ne m'en rendais pas compte à ce moment-là parce que je n'avais pas d'autre préoccupation que de lui plaire, ce qui n'était pas facile. Aujourd'hui, en regardant en arrière, je comprends à quel point je me suis fait baiser.

Elle jette un coup d'œil vers moi pour voir comment je réagis à son langage. Mais je me contente de sourire.

— Vous dites que vous avez mis de l'eau dans votre vin. Comment cela s'est-il passé?

— J'ai dépensé six mille dollars chez un psychiatre, répond Gwen du tac au tac.

Je ne peux m'empêcher de sourire.

— Quel a été le déclencheur de votre séparation?

Les joues de Gwen se colorent un peu, mais son regard reste toujours aussi droit.

— Ça, j'aimerais mieux vous le raconter plus tard. Si ça vous intéresse vraiment.

— Comme vous voudrez, dis-je. D'ailleurs, je ne voulais pas vous interrompre.

— En fait, enchaîne-t-elle, ce n'était pas entièrement sa faute. Pas complètement la mienne, non plus. Seulement, ce qu'il faut voir c'est comment il m'a entubée dans le divorce. Ça, je vous le dis, je me suis vraiment fait avoir.

— De quelle manière?

— Le coup classique. J'avais peur et j'étais naïve. Tout ce que je voulais, c'était évacuer Laurence de ma vie, je ne voulais pas savoir ce que ça allait coûter. Une seule chose comptait pour moi : les enfants. Là, je me suis battue. Comme une lionne. Mais... que vous dire? Bref, j'ai perdu. Ça, c'est la seule chose dont je ne me sois jamais totalement remise.

L'idée me vient de lui demander sur quel motif a été prise

la décision d'accorder le droit de garde à Laurence, mais je préfère éviter pour le moment cette question épineuse. J'y reviendrai plus tard, si l'occasion se présente. Je me contente d'observer :

— Mais, après sa mort, vous avez dû retrouver la garde de vos enfants, surtout après la condamnation de sa deuxième femme.

Gwen relève sa mèche grise d'une main de professionnelle.

— Ils avaient pratiquement l'âge d'aller en fac à ce moment-là. Gregory a laissé tomber ses études à l'automne, et Diane a fait pareil l'année suivante. En fait, c'étaient vraiment des gamins paumés. Laurence était strict sur la discipline. Là-dessus, j'étais relativement d'accord avec lui : j'estime que les enfants ont besoin de structures. Mais il exerçait sur eux un contrôle écrasant. Le domaine affectif lui était absolument inaccessible. Il y avait toujours quelque chose d'agressif dans ses rapports avec les gens, avec les enfants en particulier. Après cinq ans de ce régime, tous deux s'étaient complètement renfermés. Ils étaient sur la défensive, rebelles à toute communication. Comme je ne les voyais qu'un week-end sur deux et pendant une partie des vacances, je ne me suis pas rendu compte de l'étendue des dégâts. Sa mort a été pour eux un coup terrible qui n'a rien arrangé. Il les a laissés avec un tas de conflits non résolus. Diane a aussitôt commencé une thérapie, et Greg consulte quelqu'un depuis cette époque, mais pas très régulièrement.

Elle marque une pause et ajoute :

— C'est drôle, j'ai l'impression de vous exposer des cas cliniques.

— Pas du tout. J'apprécie votre franchise. Vos enfants sont toujours à Santa Teresa ?

— Greg habite Salton Sea, au sud de Palm Springs. Il a un bateau là-bas.

— Et son travail ?

— Il n'a pas besoin de travailler. L'argent que Laurence a laissé aux enfants leur suffit largement pour vivre. Je ne sais pas si vous êtes déjà allée vous renseigner auprès de l'assurance, mais ses biens ont été divisés en trois parts égales revenant à Greg, à Diane et à Colin, le fils de Nikki.

46

– Et Diane? Où est-elle?

– A Claremont. Elle a repris des études pour enseigner aux enfants sourds et elle semble s'en tirer très bien. Au début, je m'inquiétais en me disant que ce n'était pas ce qui l'aiderait à résoudre tous ses problèmes : mon divorce, Nikki, Colin et sa part de responsabilité à elle. Alors qu'elle n'y était absolument pour rien.

– Attendez. Je ne vous suis plus très bien...

Gwen me regarde soudain, l'air stupéfait.

– Nikki ne vous a pas dit que Colin était sourd de naissance? Je ne me rappelle plus ce qui a provoqué ça, mais je sais qu'il n'y avait rien à y faire. Ça travaillait énormément Diane. Elle avait treize ans, je crois, à la naissance de Colin, et elle a peut-être aussi vécu l'arrivée du bébé comme une intrusion dans sa vie. Je ne voudrais pas avoir l'air trop psychanalytique, mais tout ça est ressorti du travail que Diane a fait avec son psychiatre. Et je sens qu'il y a du vrai là-dedans. Je pense qu'elle en a pris conscience maintenant, car elle accepte d'en parler. En fait, ce n'est un secret pour personne.

Gwen choisit deux morceaux de ruban dans la vingtaine de bobines accrochées à un panneau au-dessus des tables de toilettage, puis elle les pose sur la tête de Wuffles.

– Qu'est-ce que tu en dis, Wuf? Bleu ou orange?

Wuffles lève les yeux, le souffle haletant, et Gwen choisit le ruban orange. Je dois avouer que c'est ce que j'aurais fait aussi. La couleur s'accorde fort bien au ton gris argenté du poil de l'animal.

– Greg s'est drogué, reprend Gwen comme si elle racontait une anecdote, mais ça n'a duré qu'un temps. C'est un bon garçon, et je pense que maintenant tout est rentré dans l'ordre. Enfin, je m'entends quand je dis « dans l'ordre ». Je pense que ça va aussi bien que possible, quoi. Au moins, il est heureux, et tout le monde ne peut pas en dire autant.

– Vous ne pensez pas qu'il va se fatiguer du bateau?

– J'espère, répond Gwen d'une voix légère. Il a les moyens de faire très exactement ce qu'il veut et, quand il sera lassé des loisirs, il trouvera quelque chose d'utile à accomplir. Même s'il a tendance à avoir un poil dans la main, il est très doué et très capable d'arriver à quelque chose. J'ai confiance en lui.

– Pensez-vous que ça pourrait perturber vos enfants si j'allais leur parler ?

Ça la fait presque sursauter. Pour la première fois depuis le début de l'entretien, je la sens déconcertée par ma question.

– Leur parler de leur père ?

– Ça pourrait me servir pour mon enquête, dis-je. Mais je ne voudrais pas le faire sans vous prévenir.

– Non, fait-elle, je pense qu'il n'y a pas d'inconvénient à ce que vous les voyiez.

Mais le ton semble hésitant.

– Ce ne sera peut-être pas indispensable, dis-je. Nous pourrons en reparler un autre jour.

– Mais non, vraiment, je ne pense pas que ça puisse leur faire de mal. Ce qu'il y a, c'est... Enfin, je ne comprends pas pourquoi vous revenez sur cette affaire.

– Pour découvrir si justice a été faite. Ça fait un peu théâtral mais c'est bien de ça qu'il s'agit.

– Justice, mais à qui ? A Laurence ou à Nikki ?

– Qu'en pensez-vous ? Je suppose que ce n'était pas le grand amour entre vous et eux, mais pensez-vous que Laurence n'a eu que ce qu'il méritait ?

– Probablement, répond Gwen. Quant à elle, je ne la connais pas. Mais il me semble qu'elle a eu un procès équitable et, si elle a été déclarée coupable, c'est sans doute qu'elle l'était. Je crois que, moi aussi, j'aurais été capable de le tuer à certains moments. Seulement je n'avais aucune idée sur la façon de m'y prendre.

– Donc, si c'est elle qui l'a tué, vous approuvez ?

– Certainement, et je connais pas mal de gens dans ce cas. Si tous ceux qui se sont fait rouler par Laurence se réunissaient, nous pourrions former un club et publier un bulletin mensuel. Il m'arrive encore de rencontrer des gens qui se frottent les mains de le savoir mort et qui ne me le cachent pas. Désolée si ça vous choque, mais Laurence n'était pas un ange.

Elle rit de nouveau. Je demande :

– Qui sont ces gens qui auraient pu souhaiter sa mort ?

Gwen pose une main sur sa hanche et me lance un regard fatigué.

– Je peux vous faire une liste, si vous avez une heure à me consacrer.

Cette fois, c'est moi qui ris. Elle doit faire partie de ces individus qui ont toujours besoin de blaguer. A moins qu'elle ne fasse ça pour se donner une contenance. Les gens sont parfois mal à l'aise quand ils ont un détective privé devant eux.

Gwen range Wuffles dans une cage vide, passe dans la pièce voisine et en revient accompagnée d'un grand berger anglais. Elle installe d'abord les pattes avant sur la table puis pousse sur l'arrière-train de l'animal, qui gémit à fendre l'âme.

– Allez, Duke ! fait-elle sévèrement. Ah, quelle chochotte, celui-là !

Je lui demande si nous pourrons nous revoir bientôt.

– Bien sûr, ça me ferait plaisir. Je ferme à 18 heures. Si vous êtes libre, nous pourrons aller prendre un verre. C'est le genre de chose dont j'ai besoin après une journée comme ça !

– Moi aussi, dis-je. Alors, à ce soir.

Je saute de mon tabouret et je la laisse avec Duke. La porte s'est à peine refermée derrière moi que Gwen est déjà en grande conversation avec son client canin. Je me demande ce qu'elle peut bien savoir d'autre et, surtout, ce qu'elle est disposée à me révéler. Je me dis aussi que j'aimerais être aussi bien conservée qu'elle quand j'aurai son âge, dans un peu plus de dix ans.

# CHAPITRE VI

Je fais un crochet par une cabine publique d'où je passe un coup de fil à Nikki pour lui demander s'il y aurait un moyen de visiter la maison où elle vivait avec Laurence.

— Bien sûr. Elle est toujours à moi. Je m'apprêtais à partir pour Monterrey chercher Colin, mais c'est sur la route. Si vous voulez, on peut se retrouver là-bas.

Elle me donne les coordonnées et dit qu'elle y sera dans une quinzaine de minutes. La maison est située à Montebello, un secteur où, prétend-on, il y a plus de millionnaires au mètre carré que dans tout le reste du pays. Je saute dans ma voiture et je file là-bas.

La plupart des maisons sont invisibles depuis la route. Ici et là, on glane la vision fugace d'un toit de tuiles dissimulé dans un foisonnement d'oliviers et de chênes verts. De nombreuses propriétés sont encloses dans de tortueux murs de pierre de taille couverts d'églantiers et de capucines. D'immenses eucalyptus se dressent le long des routes, auxquels se mêlent, de place en place, quelques palmiers qui ressemblent à des points d'exclamation espagnols.

Située à l'angle de deux chemins, la propriété des Fife est dissimulée aux regards par une haie de trois mètres qui s'ouvre juste assez pour laisser le passage à une allée pavée de briques. La maison est une grande bâtisse d'un étage, en stuc de couleur mastic et boiseries blanches. Autour, le terrain n'est guère fleuri, à l'exception de touffes de pavots cali-

51

forniens de couleur pêche, or et rose. Derrière la maison proprement dite, j'aperçois un double garage surmonté par un logement probablement destiné aux gardiens. La maison a un petit air désert mais semble bien entretenue, les vastes pelouses sont soignées et tondues. Je me gare dans une partie de l'allée qui fait une boucle pour permettre aux véhicules de repartir sans manœuvrer. Je sors de la voiture, je contourne le bâtiment par la droite et, là, je fais une découverte qui me met mal à l'aise : la piscine a été remplie de terre et de détritus. Un siège en aluminium est à demi enfoui, et des mottes d'herbe poussent entre les barreaux. Le plongeoir surplombe maintenant une étendue irrégulière de feuilles mortes et de déchets de tonte. L'échelle s'enfonce dans la terre et la margelle est souillée de taches sombres.

J'approche, de plus en plus gênée, en évitant instinctivement de faire du bruit. C'est alors qu'un sifflement déchire le silence. Je bondis de frayeur en me détendant comme un ressort. Je tourne la tête en direction du bruit. Deux oies me foncent dessus en se dandinant, cou tendu en avant, bec ouvert laissant apparaître une vilaine petite langue. Je ne peux m'empêcher de crier et je bats en retraite vers ma voiture en marchant à reculons pour ne pas les quitter un instant des yeux. Mais les bestioles couvrent le terrain qui nous sépare en un temps record, me forçant à prendre mes jambes à mon cou. J'ouvre la portière et je me jette à l'intérieur de ma voiture, dans un état de panique que je n'avais pas ressenti depuis des années. Je verrouille les deux portières, craignant presque de voir ces sales volatiles s'attaquer aux vitres et les faire voler en éclats. Mais, après un moment de flottement, ils repartent par où ils sont venus en caquetant et en donnant de furieux coups de bec dans l'herbe. Je n'aurais jamais imaginé que des oies en colère puissent un jour faire partie de mes phobies, à compter de cet instant, je les fais figurer en tête de liste avant même les asticots et les araignées. A ce moment-là, la voiture de Nikki s'arrête derrière la mienne. Elle sort paisiblement et approche tandis que je baisse ma vitre. Les deux oies réapparaissent à l'angle de la maison et commencent à charger, le bec tendu vers ses mollets. Elle leur jette un regard détaché et se met à rire. Les oies se redressent en agitant stupidement les ailes. Le coup de l'intimidation a raté, et elles paraissent soudain beaucoup moins agressives. Nikki a un sac de tissu avec elle. Elle en tire des croûtes de pain, qu'elle leur lance. Je mets pied à terre avec une extrême prudence, mais les oies ne font absolument plus attention à moi.

Je demande à Nikki quels sont ces monstres.

— Hansel et Gretel, répond-elle placidement. Ce sont des oies d'Embden.

— Que ce soient des oies, ça je m'en étais rendu compte. Mais elles ont été dressées pour tuer, ou quoi?

— Elles empêchent simplement les gamins de venir traîner dans la propriété, dit Nikki en glissant une clef dans la serrure.

Elle s'arrête un instant pour vider la boîte aux lettres pleine de prospectus, puis enchaîne :

— Habituellement, le facteur leur donne des biscuits, mais elles mangeraient n'importe quoi.

En entrant, je remarque le tableau d'un système d'alarme qui apparemment n'est pas branché. L'instinct professionnel reprend le dessus, et je demande :

— A part vous, qui possédait les clefs de cette maison? Nikki a un vague haussement d'épaules.

— Laurence, Greg et Diane. Je ne vois personne d'autre.

— Pas de jardinier? Pas de bonne?

— Si. Maintenant, ils ont les clefs. Mais, à l'époque, je ne sais pas. Nous avions une gouvernante, Mrs. Voss. Elle devait en avoir une, mais je n'en suis pas certaine.

— Est-ce que le système de sécurité était déjà installé?

— Non. Il a été posé il y a quatre ans. J'aurais dû vendre la propriété depuis longtemps, mais je ne voulais pas prendre de décision pendant que j'étais en prison.

— Elle doit avoir une valeur considérable, dis-je.

— Aucun doute. Nous l'avons payée dans les 750 000 dollars et, depuis, les prix de l'immobilier ont triplé dans la région. C'est Laurence qui avait choisi l'endroit. Il avait mis la maison à mon nom pour des raisons financières, mais elle ne m'a jamais tellement plu.

En effet, il se dégage une impression étrange de cette maison, probablement parce qu'elle est inoccupée depuis des années. Pendant la visite, j'ai l'impression de me promener dans le rayon ameublement de luxe d'un grand magasin. Nikki m'a dit que c'était elle qui s'était chargée de la décoration. Même si la maison ne lui plaît pas, une chose est indiscutable : elle l'a arrangée avec goût.

L'étage comporte cinq chambres à coucher, chacune possède sa salle de bains particulière et un dressing-room, le tout moquetté de haute laine couleur fauve.

– Et ici? dis-je. C'étaient vos appartements?

Nikki hoche la tête et me pilote vers la salle de bains. D'épaisses serviettes de couleur chocolat sont empilées à côté du lavabo, la baignoire est encastrée dans le sol et entourée de céramique tabac clair. Il y a également une douche cloisonnée de verre, qui a été aménagée en bain de vapeur. Rien ne manque, savon, Kleenex, accessoires de toilette.

– Vous revenez habiter ici?

– Pas encore, répond Nikki en redescendant vers le rez-de-chaussée, mais ça se pourrait bien. J'ai une personne qui passe tous les quinze jours pour le ménage et, bien sûr, il y a un jardinier en permanence. Pour l'instant, je me suis installée à la mer.

– Vous avez une autre maison là-bas?

– Oui. C'est la mère de Laurence qui me l'a laissée.

– Pourquoi à vous et non à son fils?

Un petit sourire se dessine sur ses lèvres.

– Ça ne collait pas fort entre Laurence et sa mère. Voulez-vous un thé?

– Je croyais que vous aviez de la route à faire.

– J'ai un peu de temps.

Je la suis en direction de la cuisine. Un vrai décor de cinéma. Les plaques chauffantes, fours, plans de travail, sont regroupés au sein d'un îlot central surmonté d'une immense hotte de cuivre rouge. Nikki met de l'eau à bouillir et se perche sur un tabouret de bois. Je m'installe près d'elle au centre de la pièce, toute de céramique blanche, qui ressemble plus à un laboratoire qu'à une cuisine.

– Qui avez-vous vu jusqu'à présent? me demande-t-elle.
Je lui relate ma conversation avec Charlie Scorsoni.

– Je les trouve plutôt mal assortis comme associés, dis-je.
Mon souvenir de Laurence est assez flou, mais je le vois plutôt élégant et très cérébral. Scorsoni est physique. Il me fait
penser à cet acteur qui fait de la pub pour je ne sais plus
quelle marque de tronçonneuses.

– Oui, Charlie est un bagarreur. D'après ce que je sais, il
a fait son chemin à la force du poignet. C'était peut-être ça
qui plaisait à Laurence. Il parlait toujours de Charlie avec
respect, et peut-être un peu d'envie. Laurence, lui, était né
tout habillé, comme on dit.

– Est-ce que, selon vous, Charlie aurait eu des raisons de
le tuer?
Nikki sourit en sortant d'un placard des tasses, des soucoupes et deux sachets de thé.

– Je crois avoir passé tout le monde en revue, me confie-
t-elle. Charlie, ça me paraît tout à fait improbable. En tout
cas, la mort de Laurence ne pouvait rien lui apporter, ni
financièrement ni professionnellement.
Elle verse de l'eau dans les tasses.

– Bien sûr, dis-je en immergeant mon sachet de thé,
d'après les apparences...

– Je vous suis, intervient Nikki. Il aurait pu avoir des intérêts cachés. Mais il me semble qu'en huit ans quelque chose
aurait fini par transparaître.

– C'est une façon de voir les choses.
Je parle ensuite de mon entrevue avec Gwen. Les joues de
Nikki rosissent presque imperceptiblement.

– Je ne me sens pas à l'aise par rapport à elle, m'avoue-
t-elle. Au moment de leur divorce, Laurence la haïssait à un
point incroyable. J'ai essayé de le tempérer un peu. Il refusait d'endosser la moindre responsabilité dans l'échec de leur
couple. Conclusion : il fallait qu'il lui fasse porter toute la
faute et qu'il la punisse. Je n'ai rien pu y faire. Honnêtement, il m'est apparu assez vite que Gwen était une femme
de valeur et que Laurence avait été très dépendant d'elle.
Difficile de faire la part des choses entre la violence de la

haine et la violence de l'amour. J'ai trouvé plus commode de le faire nettement pencher du côté de la haine pour le sevrer de cette dépendance par rapport à Gwen. Je m'en veux, maintenant, d'avoir agi comme ça. Quand j'ai cessé de l'aimer et qu'il a commencé à s'en prendre à moi, j'ai tout à coup reconnu le même processus.

– Quelque chose m'échappe. Je croyais que c'était vous le motif de leur rupture.

J'observe attentivement Nikki par-dessus la vapeur qui monte de ma tasse. Elle glisse les deux mains dans ses cheveux, les soulève entièrement puis les laisse retomber en secouant légèrement la tête.

– Oh non, dit-elle enfin. Je n'étais que sa vengeance. Il courait les jupons depuis des années, et Gwen a fini par prendre un amant. Quand il l'a su, il s'est tourné vers moi, pour se venger. Gratifiant n'est-ce pas ? Je n'ai réalisé tout ça que beaucoup plus tard, mais c'est exactement ce qui s'est passé.

– Attendez, dis-je, je ne suis pas sûre d'avoir tout bien compris. Il a découvert que sa femme avait une liaison, alors il vous a prise pour maîtresse et, ensuite, il a divorcé. Si je comprends bien, elle s'est vraiment fait entuber sur toute la ligne.

– Comme vous dites. Il est devenu mon amant simplement pour lui montrer qu'il n'en avait rien à faire. Il l'a privée des enfants et de l'argent pour la punir. Il était très vindicatif et il s'identifiait facilement à quiconque subissait des torts, et c'est là qu'il trouvait toute son énergie combative. C'est pour ça qu'il faisait un si bon avocat. Il était sans pitié. Absolument sans pitié.

– Vous savez qui était l'amant de Gwen ?

– Ça, c'est à elle que vous devriez le demander. A la vérité, je ne suis pas certaine de savoir qui c'était.

Je lui demande ensuite des détails sur la nuit de la mort de Laurence Fife. Elle me renseigne, puis je la questionne sur la nature de l'allergie de son mari.

– Il était allergique aux poils d'animaux. Surtout ceux des chiens. Mais les chats aussi lui causaient des réactions. Pendant très longtemps, il n'a accepté aucun animal à la maison. Et puis, quand Colin a eu deux ans, on nous a conseillé de lui donner un chien.

– Je me suis laissé dire que Colin était sourd...

– Oui, de naissance. Apparemment, j'aurais fait une rubéole non détectée au tout début de ma grossesse, avant même de savoir que j'étais enceinte. Heureusement, ça a été la seule conséquence pour le bébé. Nous avons au moins eu cette chance, si on peut parler de chance.

– Et le chien lui était destiné ? Comme chien de garde ?

– Plus ou moins. On ne peut pas surveiller un bébé en permanence, nuit et jour. C'est une des raisons pour lesquelles nous avons fait combler la piscine. Et Bruno, le chien, nous a beaucoup aidés. C'était un berger allemand.

Elle marque une légère hésitation et poursuit :

– Il est mort, maintenant. Il s'est fait renverser par une voiture ici, sur la route. Mais c'était une bête formidable. Il était intelligent, affectueux, très protecteur avec Colin. Laurence avait pu constater les effets que lui causaient la présence du chien, c'est pourquoi il s'est remis à prendre ses médicaments contre les allergies. Il aimait vraiment beaucoup Colin. Quels qu'aient été ses défauts – et, croyez-moi, il en avait à revendre –, on ne peut pas lui reprocher de n'avoir pas aimé son fils.

Soudain son sourire s'évanouit, et son visage prend une curieuse expression. La voilà de nouveau absente, décalée. Ses yeux sont vides, et elle me regarde comme si elle ne me voyait pas.

– Excusez-moi, Nikki. Je suis désolée d'avoir dû vous faire reparler de tout ça.

Nous achevons notre thé et nous nous levons. Nikki ramasse les tasses, les soucoupes et les place dans le lave-vaisselle. Quand elle se retourne vers moi, ses yeux ont repris leur éclat métallique.

– J'espère que vous retrouverez son meurtrier. Je ne pourrai pas avoir un instant de paix avant de savoir qui c'est.

Le ton de sa voix me glace. L'éclat de son regard me fait penser à ce que j'ai vu tout à l'heure dans les yeux noirs des oies : une férocité animale inaccessible au raisonnement. Ce n'est qu'un éclair rapide, il disparaît aussi vite qu'il est venu, mais je l'ai surpris.

— Nikki, dis-je, vous n'auriez tout de même pas dans l'idée de vous faire justice vous-même?

Elle détourne le regard.

— Non. J'y ai pensé en prison. Souvent. Mais le temps a passé et, maintenant, ça n'a plus grande importance. Tout ce que je veux, désormais, c'est récupérer mon fils. Je veux pouvoir m'allonger tranquillement sur une plage, boire un Perrier, m'acheter des vêtements. Manger de temps en temps au restaurant et, les autres jours, faire de la cuisine. Faire la grasse matinée. Prendre des bains moussants...

Elle s'arrête soudain dans son inventaire, éclate de rire, puis pousse un profond soupir.

— Voilà, conclut-elle. En tout cas, pour rien au monde je ne veux retourner en prison.

Nos regards se croisent. Je lui souris.

— Il est temps que vous preniez la route, dis-je.

# CHAPITRE VII

Puisque je suis dans le secteur, je fais un crochet par la pharmacie de Montebello. Carroll Sims, le pharmacien, est un homme âgé d'une cinquantaine d'années, à l'air dévoué. Je me présente et je le questionne un peu sur le mal dont souffrait Laurence Fife.

Les renseignements qu'il me donne ne m'en apprennent guère plus que ce que je sais déjà. Laurence prenait un antihistaminique appelé HistaDril. Une fois par an, il consultait un allergologue qui lui renouvelait la prescription pour douze mois. La seule chose qu'il me livre c'est que l'HistaDril a récemment été retiré du marché parce qu'il est suspecté d'éventuels effets cancérigènes.

— En d'autres termes, vous voulez dire que si Mr. Fife avait continué à prendre ce médicament pendant des années, il aurait attrapé un cancer et serait mort de toute façon?

— Disons que ça n'est pas impossible, répond le pharmacien.

Nous nous regardons en silence pendant un moment, puis je risque à tout hasard :

— Vous est-il arrivé de soupçonner quelqu'un d'autre que sa femme quand on a parlé de meurtre?

La réponse de Carroll Sims est aussi laconique que sans surprise :

— Non.

– Bien sûr... Eh bien, je crois que je vais vous laisser à votre travail. Est-ce que vous êtes allé au procès?

– Seulement quand on m'a cité pour témoigner. J'ai reconnu que le flacon venait d'ici. Fife était passé peu avant pour faire son plein de gélules. Je me rappelle que nous avions un peu bavardé à cette occasion. Pas du tout au sujet de l'HistaDril. Il en prenait depuis si longtemps que nous n'avions plus rien à nous dire à ce sujet.

– Vous souvenez-vous de ce dont vous avez parlé?

– Vaguement. Il y avait un incendie à l'autre bout de la ville, ça nous a donné de quoi bavarder. Beaucoup de gens sujets aux allergies s'inquiétaient à cause de l'augmentation de la pollution atmosphérique.

– Et lui, ça le dérangeait?

– Ni plus ni moins que tout le monde.

– Très bien, Mr. Sims, merci de m'avoir reçue. Si par hasard, vous pensiez à quelque chose d'autre, auriez-vous la gentillesse de me passer un coup de fil? Je suis dans l'annuaire.

– Je n'y manquerai pas. A votre service.

Nous sommes en plein milieu de l'après-midi, et il faut que j'attende 18 heures avant de voir Gwen. Petit à petit, les informations générales commencent à s'accumuler, mais rien de vraiment décisif. Je finis par me dire que, dans l'état actuel des choses, il vaudrait mieux que je retourne espionner un peu Marcia Threadgill.

Marcia Threadgill a vingt-six ans et, quand elle a trébuché sur le trottoir, elle sortait de la boutique d'artisanat où elle avait acheté du matériel pour fabriquer un coffret de bois recouvert de coquillages. Je l'imagine bien découpant des cageots d'oranges et fabriquant des mobiles avec des boîtes à œufs décorées de brins de muguet en plastique! Marcia Threadgill a vingt-six ans et elle est affublée d'un mauvais goût caractérisé. C'est le propriétaire de la boutique qui m'a fait toutes ces révélations sur la plaignante quand je suis allée lui rendre visite. La jeune personne souffre par ailleurs d'une avarice congénitale. C'est le genre à décorer des emballages que les autres flanquent à la poubelle et à les offrir comme cadeaux de Noël, peut-être même à écrire chez Pepsi-Cola qu'elle a trouvé un poil de rat dans une bouteille dans l'espoir de s'en faire offrir une caisse gratuite. Bref, tout à fait la mentalité à truander une compagnie d'assurances.

Je me gare en contrebas de son immeuble et je sors mes jumelles. Le temps de régler mes lentilles sur son patio et de faire un tour d'horizon, je m'exclame à voix basse :

– Bon Dieu !

A la place de la fougère desséchée, se trouve suspendue une grosse plante verte exubérante qui doit peser dans les dix kilos. Avec son dos, comment a-t-elle pu soulever ça et le fixer à un crochet en hauteur. Un voisin ? Un copain ? C'est toujours possible. Mais il est aussi possible qu'elle l'ait fait elle-même. En affinant mon réglage, j'arrive même à voir l'étiquette avec le prix. Marcia s'est procuré cette merveille pour 29,95 dollars dans un supermarché Gateway. Ce qui n'est pas donné, considérant que le monstre végétal est probablement couvert de pucerons.

J'avais trouvé le moyen de rater le moment où elle a hissé ce gros truc là-haut. Un coup de démarreur et je me dirige aussitôt vers le supermarché Gateway du quartier. Il reste six plantes du même genre au rayon jardinage. J'essaie d'en soulever une. Mince ! C'est encore pire que je l'imaginais. Ça pèse un âne mort et c'est vraiment pas pratique à manier. Impossible d'accrocher ça sans demander un coup de main à quelqu'un. Je prends des pellicules, je sors par la caisse « Dix articles ou moins, règlement en espèces », et je charge mon appareil en ronronnant :

– Marcia, ma petite chérie, je vais te faire une surprise...

Je retourne devant chez elle et je reprends ma surveillance. A peine me suis-je installée sur le dos, les jumelles braquées sur son patio, que la miss apparaît en chair et en os. Elle traîne avec elle un tas d'ustensiles, dont un tuyau vert, qui, à l'autre bout, doit être raccordé au robinet de la cuisine. Elle vaporise, pulvérise, arrose et traite avec une minutie exemplaire, plantant un doigt dans le terreau, supprimant une feuille jaunie sur une autre plante suspendue à la rambarde de la terrasse. Pas le genre à oublier la moindre petite pousse. Elle va jusqu'à examiner le dessous des feuilles, cherchant sans doute à traquer les pucerons dans leurs derniers retranchements. J'observe son visage. On dirait qu'elle a servi de cobaye pour une démonstration gratuite de maquillage dans un supermarché : moka et caramel sur les paupières; framboise sur les pommettes; chocolat sur la bouche. Ses ongles, longs et vernis, ont une couleur rappelant ces sirops de grenadine bon marché qui vous font regretter d'avoir soif.

Une femme âgée vêtue d'une robe de jersey-nylon sort sur le patio surplombant celui de Marcia et engage la conversation. Je crois comprendre qu'elle est en train de se plaindre, car toutes deux font une sale tête, et Marcia finit par s'éclipser chez elle. La vieille beugle encore quelque chose qui, même sans le son, ne paraît pas très agréable. Je sors de ma voiture, boucle la portière et je me dirige vers l'immeuble, munie d'un bloc pour écrire.

L'appartement de Marcia figure sur la liste sous le numéro 2C. Celui du dessus est occupé par une certaine Augusta White. Snobant l'ascenseur, je choisis l'escalier et je fais d'abord une courte halte devant la porte de Marcia. Elle est en train d'écouter un disque de Barry Manilow en augmentant progressivement le volume. Ça devient carrément intenable. Je grimpe à l'étage supérieur et je frappe chez Augusta White. Elle entrouvre en une fraction de seconde et insinue sa tête qui ressemble tout à fait à celle d'un pékinois, avec ses yeux globuleux, son nez aplati et même les poils sur le menton.

— Oui ? jappe-t-elle.

Je lui donne au bas mot quatre-vingts ans, pas un jour de moins.

— J'habite l'immeuble d'à côté, dis-je. On a eu des plaintes à cause du bruit et le syndic m'a chargée de me renseigner à ce sujet. Est-ce que je peux vous parler un instant ?

Je tiens ma planchette porte-papiers bien en évidence. Ça vous a un petit air officiel qui impressionne toujours.

– Un moment, me fait la vieille.

Elle retourne à sa cuisine pour prendre un balai et se met à cogner sur le plancher à plusieurs reprises. La réponse ne se fait pas attendre à l'étage inférieur : d'après le boucan, j'ai l'impression que Marcia Threadgill a pris ses bottes de combat pour les lancer au plafond.

Augusta White regagne la porte et ses yeux de pékinois me dévisagent par la petite ouverture.

– Si vous voulez mon avis, fait-elle d'un ton soupçonneux, vous faites du démarchage pour une agence immobilière.

– Mais pas du tout, je vous assure que...

– Tatata! De toute façon, je connais tout le monde dans l'immeuble d'à côté et je sais très bien que vous n'y habitez pas.

Elle me claque la porte au nez et ferme le verrou.

Loupé, pour cette fois. De retour à ma voiture, je prends quelques clichés de la plante suspendue en souhaitant qu'elle se mette bientôt à pourrir par la racine.

Je rentre chez moi et je mets à jour quelques fiches. Quand j'ai terminé, il est 4 heures moins le quart, et je décide d'aller faire un peu de jogging. J'enfile un short et un vieux col roulé en coton. Je n'ai jamais été une grande sportive. Je crois même que j'ai été en bonne condition physique une seule fois dans ma vie, quand j'ai été admise à l'école de police. Mais le jogging, c'est autre chose. Je crois que j'y trouve une sorte de satisfaction masochiste. Ça fait mal, et je ne cours pas vite, mais j'ai de bonnes chaussures et j'aime sentir l'odeur de ma propre sueur. Je m'offre les deux kilomètres et demi de la promenade qui longe la plage où l'on respire un air pur et plein d'embruns. Une rangée de palmiers est disposée sur la pelouse entre le trottoir et le sable. C'est là qu'on retrouve la plupart des joggers, qui ont l'air bien plus sportifs que moi.

Après trois kilomètres, je décide que ça suffit pour aujourd'hui. J'ai des douleurs dans les mollets. Mes poumons sont à vif. Je prends le chemin du retour en mar-

chant et, tout à coup, j'entends un coup de klaxon, je me
retourne pour regarder. C'est Charlie Scorsoni. Il se range
au bord du trottoir au volant d'une Mercedes 450 S bleu
pâle qui lui va comme un gant. J'éponge la sueur qui ruis-
selle sur ma figure avec ma manche retroussée et je
m'approche.

– Ça vous donne bonne mine, me dit-il.

– Et encore, ce n'est rien! D'habitude j'ai l'air de friser
la crise cardiaque. Qu'est-ce que vous faites ici?

– J'ai honte de la façon dont je vous ai envoyée promener hier. Allez, grimpez.

– Vous n'y pensez pas, dis-je en essayant de retrouver
mon souffle. Un jogging est un jogging. Ça serait un sacri-
lège d'accepter.

– Dans ce cas, est-ce que je peux vous suivre jusqu'à
chez vous?

– Vous parlez sérieusement?

– Le plus sérieusement du monde. Je me suis dit que
j'allais essayer de vous faire la cour pour que vous ne me
mettiez pas sur la liste des coupables potentiels.

– Ça ne servira à rien. Je soupçonne toujours tout le
monde.

Après ma douche, en passant la tête par la porte de la
salle de bains, je surprends Scorsoni en train de regarder
les dossiers empilés sur mon bureau.

– Est-ce que vous avez eu le temps de fouiller mes
tiroirs aussi?

Il me retourne un sourire sympathique:

– Ils sont fermés à clef!

Je ris et je referme la porte pour m'habiller. Je dois bien
admettre que je suis contente de le voir là. Et, ça, ça n'est
pas vraiment dans mes habitudes. Quand il s'agit des
hommes, je suis une sacrée pinailleuse. Jamais encore, il
ne m'est venu à l'idée de trouver à mon goût un homme de
quarante-huit ans. Et, pourtant, j'ai bien l'impression que
c'est ce qui m'arrive. Il est bien bâti; ses cheveux bouclés

ne manquent pas de charme. Ses verres de lunettes non cerclés rendent ses yeux bleus presque lumineux. La fossette sur son menton... pas mal non plus.

Je sors pieds nus de ma salle de bains et je me dirige vers la kitchenette.

— Une bière?

Il est maintenant assis sur le divan, en train de feuilleter un ouvrage sur les vols de voitures.

— Vous avez un goût littéraire très sûr, ironise-t-il. Dites, vous ne préféreriez pas que je vous offre un verre quelque part?

— Impossible, j'ai un rendez-vous à 18 heures.

— Eh bien, alors, va pour la bière...

Je décapsule une bouteille, que je lui tends, et je prends place à l'autre bout du divan, les jambes repliées sous moi en faisant observer :

— Vous avez dû quitter votre bureau de bonne heure. Ça me flatte beaucoup.

— J'y retourne dans la soirée. Je dois m'absenter quelques jours. Il faut que je prépare mes dossiers et que je laisse quelques directives à Ruth.

— Pourquoi me faites-vous l'honneur de me consacrer un moment?

Scorsoni me décoche un petit sourire narquois rehaussé d'une légère pointe d'exaspération.

— Vous êtes toujours sur la défensive comme ça? Pourquoi ne vous accorderais-je pas un peu de temps? Si ce n'est pas Nikki qui a tué Laurence, je suis, comme tout le monde, très curieux de savoir qui l'a fait. Voilà tout.

— Allons, dis-je. Vous n'avez jamais cru à son innocence.

— Et je ne pense pas que vous y croyiez non plus, ajoute-t-il.

Je fixe mon regard sur lui :

— Je n'ai aucun renseignement à vous transmettre. J'espère que c'est bien clair. Par contre, j'ai besoin d'aide et, si vous avez une idée de génie, je suis preneuse. Seulement, il faut bien comprendre que ça ne marche que dans un sens. Pas de réciprocité.

— Ecoutez, Millhone, soupire-t-il, qu'est-ce que vous essayez de faire? De m'apprendre ce qu'est le secret professionnel? A moi, un avocat? Merci, laissez-moi respirer!

— O.K., O.K., excusez-moi.

Je regarde ses mains fortes puis, de nouveau, son visage, et je précise quand même:

— Je voulais simplement souligner qu'il n'est pas question que vous me fauchiez mes informations.

Ses traits se détendent, son sourire devient moqueur.

— De toute façon, fait-il, vous ne savez rien du tout. A quoi bon tenter de vous tirer les vers du nez. Ah, quelle râleuse vous faites!

Sa fausse colère me fait sourire.

— Vous savez, j'ignore totalement si j'ai des chances d'aboutir à quelque chose dans cette affaire. Pour le moment, je n'ai toujours pas trouvé de piste, et c'est ce qui me rend un peu nerveuse.

— Oui, bien sûr, murmure Scorsoni, et vous êtes dessus depuis combien? Deux jours, c'est ça?

— En gros.

— Alors, relaxez-vous, ça finira par venir.

Il boit une gorgée de bière et pose sa bouteille sur la table basse.

— Je n'ai pas été vraiment honnête avec vous, hier, m'avoue-t-il.

— A quel sujet?

— Libby Glass. C'est que... depuis la mort de Laurence, j'ai tendance à l'auréoler d'une sorte de pureté totalement fabriquée. En fait, c'était un coureur. Mais, d'une manière générale, ses goûts le portaient plutôt vers les femmes argentées. Plus âgées que lui, minces, élégantes, mariées dans de bonnes familles.

— Comment était Libby Glass?

— Je ne sais pas vraiment. Je l'ai vue une fois ou deux quand elle s'occupait de nos comptes avec le fisc. Je l'ai trouvée agréable. Elle était jeune. A mon avis, elle ne devait pas avoir plus de vingt-cinq ou vingt-six ans.

— Laurence vous a dit qu'il était son amant?

— Oh! fait Scorsoni. Pas lui, voyons. Ce n'était pas du tout le style à faire étalage de ses conquêtes.

— Un vrai gentleman, en somme.

Scorsoni me lance un regard d'avertissement. Je m'empresse de mettre les choses au point :

— Je ne disais pas ça pour plaisanter. Je sais qu'il était discret sur les femmes qu'il y avait dans sa vie. C'est ce que je voulais dire, rien d'autre.

— C'est vrai, approuve Scorsoni. Et il mettait ses tripes dans tout ce qu'il faisait, c'est aussi pour ça qu'il était un bon avocat. Il travaillait sans filet. Pas de confidences à ses collaborateurs. Pas de courrier. Tout par oral ou dans la tête. Mais il a commencé à changer à peu près six mois avant sa mort. Je le trouvais bizarre, sur le qui-vive. Je me rappelle même que, par moments, je me disais qu'il n'était pas dans son état normal. Mais ça n'était pas physique, plutôt une souffrance morale, si ce mot n'est pas trop prétentieux.

— Vous aviez pris un verre ensemble la nuit du crime, n'est-ce pas?

— Nous avions dîné ensemble, rectifie l'avocat. Au bistrot. Nikki était sortie je ne sais où. Après une partie de squash nous sommes allés manger un morceau. Ça nous avait mis en appétit. En toute honnêteté, je l'ai trouvé très bien ce soir-là.

— Avait-il son médicament sur lui?

Scorsoni secoue la tête.

— Il n'était pas tellement pour les médicaments. La seule chose que je l'aie jamais vu prendre, c'est du Tylénol. Et encore, il fallait qu'il se sente vraiment mal. Même Nikki a reconnu qu'il prenait sa gélule antiallergique seulement quand il était chez lui. Celui ou celle qui a mis du poison dedans devait avoir accès à l'armoire de toilette.

— Libby Glass était-elle déjà allée chez lui?

— Pas que je sache, dit Scorsoni. S'ils se sont vus là-bas, il ne m'en a jamais parlé. Pourquoi?

— Je ne sais pas trop. Je me demandais si quelqu'un

n'aurait pas fait le coup le même jour pour se débarrasser des deux à la fois. Bien sûr, elle est morte quatre jours après lui, mais c'est le fait du hasard puisqu'elle a pris elle-même le médicament qui l'a tuée.

– Vous savez, fait Charlie Scorsoni, je ne sais pratiquement rien de la mort de cette jeune femme. Je ne pense même pas que les journaux d'ici en aient parlé. Mais je me souviens que Laurence a fait un déplacement à Los Angeles une dizaine de jours avant sa mort.

– Ça, c'est intéressant. De toute façon, j'ai l'intention de faire un saut là-bas. Je vais voir si je peux trouver du nouveau à ce sujet.

Scorsoni consulte sa montre.

– Ah, je ferais mieux de vous laisser, dit-il en se levant.

Je l'imite et je l'escorte jusqu'à la porte. Je crois que je regrette de le voir partir si vite. Curieux.

Avant d'ouvrir la porte, je lui demande d'un air intéressé :

– Comment avez-vous fait pour perdre vos kilos?

– Quoi? Ça? fait-il en se tapotant le ventre.

Il se penche vers moi avec un air de conspirateur comme pour me révéler les secrets de l'horrible martyre que lui ont infligé le jeûne et une discipline sportive inhumaine.

– J'ai laissé tomber les bonbons, me souffle-t-il. J'en avais plein mes tiroirs, de toutes les sortes, de toutes les marques. J'en avalais une bonne centaine par jour.

Je suis prise d'un fou rire incontrôlable en l'entendant me faire cette révélation. A son ton, on croirait qu'il me confesse des pulsions contre nature, un goût pervers pour les sous-vêtements féminins ou je ne sais quoi. Et, parce que je sais que, si je me retourne, je vais me retrouver face à lui, presque nez à nez et que je ne pourrai peut-être pas contrôler la suite des événements, dans l'état actuel des choses, je préfère en rester là.

Il est si proche que je sens presque la chaleur de son visage. Je tourne discrètement les yeux pour le regarder de biais, mais au même moment il brise le charme en se mettant à rire. Son regard rencontre à nouveau le mien, avec un peu trop d'insistance.

– A bientôt, dit-il tandis que j'ouvre la porte.

Nous nous serrons la main. Je ne sais pas pourquoi. Sans doute un prétexte pour se toucher. Le contact, pour anodin qu'il soit, me donne la chair de poule. Dans ma tête, le système d'alarme déclenche toutes ses sirènes. Un vacarme d'enfer, mais je ne sais pas encore comment interpréter ça : le genre de sensation qu'on ressent en ouvrant la fenêtre au vingt et unième étage : une attirance incroyable vers le vide, vers la chute. Je me laisse toujours un peu de temps entre deux hommes, mais le moment est peut-être venu... Mauvais signe, tout ça, mauvais signe...

# CHAPITRE VIII

Il est 18 heures pile quand je m'arrête devant *K-9 Korners*. Gwen est juste en train de fermer boutique. Je baisse ma vitre :

– On prend ma voiture?

– Non, je préfère vous suivre, dit-elle. Vous connaissez le *Palm Garden*?

– Oui.

– Est-ce que ça vous va?

– Parfait.

Elle s'éloigne vers le parking et en ressort une minute plus tard au volant d'une Saab jaune rutilante. Le restaurant n'est pas très loin et nous nous garons côte à côte dans le parking. Gwen a enlevé sa blouse de travail, mais elle n'arrête pas de brosser sa jupe.

– Excusez les poils de chien. D'habitude je rentre directement prendre un bain et me changer.

Le *Palm Garden* est situé en plein centre de Santa Teresa à l'intérieur d'un centre commercial. Il y a des tables en terrasse et les indispensables palmiers dans de grosses caisses en bois. Nous dénichons une petite table sur le côté. Je commande du vin blanc, et Gwen un Perrier.

– Vous ne buvez pas?

– Peu. J'ai arrêté après mon divorce. Il fallait voir ce que je descendais comme scotch avant. Alors, comment vont vos affaires?

– Encore difficile de se prononcer. Et vous, depuis combien de temps êtes-vous dans le toilettage des chiens ?

– Depuis beaucoup trop longtemps, répond Gwen en se mettant à rire.

Nous bavardons un moment à bâtons rompus. Je veux m'offrir le temps de l'observer, d'essayer de voir ce qu'elle a en commun avec Nikki. Car il faut bien qu'elles aient quelque chose en commun pour avoir été toutes les deux mariées à Laurence Fife. C'est elle qui nous ramène à nos moutons :

– Alors, vous avez vu Charlie Scorsoni ?

– Ça me paraissait un point de départ logique. Il est sur votre liste ?

– La liste des gens qui auraient pu tuer Laurence ? Non. Je ne pense pas. Et moi, je suis sur la sienne ?

Je lui fais signe que je n'en sais rien.

– C'est drôle, continue-t-elle en inclinant légèrement la tête d'un air pensif, il pense que je suis aigrie. Plusieurs personnes me l'ont répété. Santa Teresa est vraiment une petite ville, vous savez.

– A mon avis, vous auriez de bonnes raisons d'être sinon aigrie, du moins un peu amère.

– Eh bien, ça n'est pas le cas. A propos, voici les coordonnées de Greg et Diane, si ça vous intéresse.

Elle sort de son sac un petit carton portant les noms de ses deux enfants, leur adresse et leur numéro de téléphone.

– Merci, c'est très gentil de votre part.

– Je sais que votre visite ne risque pas de les perturber. Ils sont solides, maintenant, et plutôt directs. Parfois même un peu trop à mon goût.

– Je suppose qu'ils n'ont jamais repris contact avec Nikki.

– Je ne pense pas, dit Gwen. C'est peut-être dommage. Personnellement, je préfère qu'ils oublient les vieilles histoires du passé, mais elle a été très bien avec eux.

Gwen passe sa main dans son cou, pour dénouer son foulard et secoue la tête pour libérer ses cheveux. Ils tombent sur ses épaules dans une belle cascade dont je ne peux pas imaginer que la couleur ait quelque chose d'artificiel. Superbe contraste de ces cheveux gris clair et de ces yeux

bruns. Elle a des pommettes solides, un soupçon de rides, qui
marquent agréablement le tour de sa bouche, de belles dents
et un hâle qui donne une impression de bonne santé, mais
sans aucune sophistication.

Maintenant qu'elle a abordé le sujet, je me sens libre
d'aller un peu plus loin, et je demande :

– Qu'est-ce que vous pensez de Nikki ?

– Je ne sais pas trop. A l'époque, bien sûr, je lui en ai
voulu à un point que vous ne pourriez pas imaginer. Mais,
maintenant, je me dis que, parfois, j'aimerais bien lui parler.
Je crois qu'on serait peut-être capables de se comprendre.
Mais vous vous demandez sans doute pourquoi j'ai épousé
Laurence.

– Ma foi...

– Le sexe, fait Gwen d'un ton espiègle.

Elle éclate de rire puis se reprend.

– Excusez-moi, je... je n'ai pas pu résister. En fait, il était
nul au lit. Il faisait l'amour comme une machine. L'idéal
pour les femmes qui aiment le sexe dépersonnalisé.

– Je n'en suis pas vraiment fanatique, dis-je laconique-
ment.

– Moi non plus. Mais, bien sûr, je ne l'ai su que plus tard.
J'étais vierge quand je me suis mariée avec Laurence.

– Ah oui ? C'est bien ennuyeux.

– Comme vous dites. Et ça l'était encore plus à l'époque,
mais ça faisait partie de l'éducation que j'avais reçue. Je
pensais que j'étais responsable de l'échec de notre relation
sur le plan sexuel... Jusqu'à ce que...

Elle laisse sa phrase en suspens. Une rougeur très discrète,
presque imperceptible, lui colore les joues. Je relance :

– Jusqu'à ce que ?

– Je ferais peut-être bien de prendre un peu de vin aussi,
dit Gwen en faisant signe à la serveuse.

J'en profite pour commander un autre verre. Gwen se
tourne vers moi.

– J'ai pris un amant quand j'ai fêté mes trente ans.

– Ça prouve simplement que vous aviez du bon sens.

– Oui et non. Ça n'a guère duré plus de six semaines.

Mais quelles semaines! Les plus belles de ma vie. Dans un sens, je n'étais pas fâchée quand ça a cessé. C'était quelque chose de fort, de trop fort. Je sentais que ça risquait de bouleverser ma vie. Je n'étais pas prête pour ça.

Elle marque un silence et, à sa mimique concentrée, je comprends qu'elle est en train de revivre tout ça dans sa tête.

— Laurence me critiquait en permanence, poursuit-elle. Et je pensais que c'était mérité. C'est alors que j'ai rencontré un homme qui pensait justement que j'avais beaucoup de qualités. Au début, j'ai résisté. Je savais bien ce que j'éprouvais pour lui. Mais ça me paraissait tellement anormal. Et puis j'ai abandonné toute résistance. Pendant quelque temps, je me suis même dit que c'était bon pour ma relation avec Laurence. Je recevais soudain tout ce dont j'avais besoin depuis longtemps, et ça me rendait plus disponible envers mon mari. Mais, au bout d'un certain temps, la double vie est devenue invivable. J'ai laissé Laurence dans l'ignorance aussi longtemps que j'ai pu, mais il a fini par avoir des soupçons. J'en étais arrivée au point que je ne supportais plus qu'il me touche. J'avais trop de tension en moi. Le poids du mensonge devenait insupportable. Laurence s'est rendu compte du changement et il a commencé à faire son enquête, à me questionner. Il voulait savoir où j'allais, ce que je faisais à chaque minute de la journée. Il appelait à des heures bizarres, en plein après-midi et, naturellement, j'étais sortie. Même quand j'étais avec lui, j'étais ailleurs. Il a agité la menace du divorce. J'ai pris peur. J'ai tout avoué. La plus grosse bêtise de ma vie, parce que ça n'a pas empêché Laurence de divorcer.

— Pour vour punir?

— Oui. Une punition comme seul Laurence Fife savait en infliger. Cinglante.

— Qu'est-ce qu'il est devenu?

— Qui ça? Mon amant? Pourquoi me demandez-vous ça?

Tout à coup, sa voix est devenue inquiète. Je sens qu'elle se cabre. Mais je décide de battre le fer tant qu'il est chaud.

— Laurence devait bien savoir qui c'était. S'il était, comme vous le dites, tellement avide de vous punir, il avait peut-être envie de le punir, lui aussi.

– Je ne veux pas que des soupçons puissent peser sur lui, répond Gwen. Ce ne serait vraiment pas propre de ma part. Il n'a rien à voir dans la mort de Laurence, et vous devez le laisser tranquille. Je vous donnerai une garantie écrite.

– Comment pouvez-vous en être si sûre ? Les gens se sont trompés sur un tas de choses à l'époque, et ça a coûté très cher à Nikki.

– Hé ! coupe Gwen d'un ton sec, Nikki a été défendue par le meilleur avocat de l'Etat. Elle n'a peut-être pas toujours eu de chance, mais ce n'est pas une raison pour attirer des ennuis à quelqu'un qui était totalement en dehors de tout ça.

– Je n'essaie pas d'attirer d'ennuis à qui que ce soit. Tout ce que je tente de faire, c'est de trouver un fil conducteur dans cette histoire. Je ne peux pas vous forcer à me donner son nom... Revenons-en à Laurence et à ses infidélités.

Gwen boit une petite gorgée de vin et secoue la tête.

– Excusez-moi, je me suis emportée, mais vous m'avez prise au dépourvu.

Elle laisse échapper un petit rire honteux.

– Oui, je comprends. Ça m'arrive souvent aussi.

– Laurence..., reprend Gwen, je pense qu'il était misogyne. Les femmes étaient, par nature, des traîtresses à ses yeux. Il s'attendait toujours plus ou moins à ce qu'elles le possèdent. Alors, il trahissait le premier, pour prendre les devants. Enfin, c'est comme ça que je vois les choses, en tout cas. La relation avec une femme était nécessairement un rapport de force dans lequel il devait avoir le dessus.

– Mais qui pouvait le haïr au point de le faire disparaître ?

Gwen semble maintenant avoir retrouvé toute sa contenance. Elle fait un mouvement d'épaules désabusé.

– J'y ai réfléchi tout l'après-midi et, justement, ce qui est bizarre, c'est que je n'arrive pas à trouver de réponse définitive. Trop de gens avaient de bonnes raisons de lui en vouloir à mort. Les avocats qui font dans le divorce sont rarement populaires. Mais la plupart d'entre eux s'en sortent sans se faire assassiner.

– Mais, dis-je, ça n'avait peut-être rien à voir avec son travail. Pourquoi s'arrêter à l'idée d'un mari rendu furieux par le montant d'une pension alimentaire. Il peut s'agir de tout autre chose. Une femme délaissée, par exemple.

— Bien sûr. Il y en a eu beaucoup. Mais je pense qu'il était suffisamment adroit pour rompre proprement. Ou bien ses maîtresses, après les premiers feux de la passion, étaient assez conscientes pour saisir les limites de ce genre de liaison et accepter de partir. Par contre, il a eu une aventure ahurissante avec la femme d'un juge de la région. Elle s'appelle Charlotte Mercer. Celle-là, elle lui aurait couru après dans la rue. C'est ce que j'ai entendu dire, tout au moins. Ce n'était pas du tout le genre à se laisser plaquer sans faire de l'esclandre.

— Comment savez-vous tout ça?

— Elle m'a téléphoné quand Laurence l'a laissée tomber.

— Avant votre divorce ou après?

— Après. Je me rappelle avoir regretté qu'elle n'ait pas appelé plus tôt. J'aurais eu du solide à présenter à la justice.

— Je ne comprends pas, dis-je. A quoi cela vous aurait-il servi? Même à cette époque-là, vous n'auriez rien pu faire contre lui avec des preuves d'adultère.

— Non, mais, psychologiquement, ça aurait beaucoup compté. Je me sentais tellement coupable de l'avoir trompé que je ne me suis pratiquement pas défendue, sauf sur la question de la garde des enfants. Ce qui n'a pas empêché Laurence de l'obtenir. Si Charlotte Mercer avait apporté son témoignage, elle aurait pu me donner un sacré coup de main. Il avait quand même une réputation à préserver. Vous devriez aller la voir. Elle aura certainement des choses intéressantes à vous révéler.

— Je n'y manquerai pas. Et je lui dirai qu'elle est mon suspect n° 1.

— N'hésitez pas à donner mon nom si elle veut savoir qui vous envoie, s'esclaffe Gwen. C'est bien le moins que je puisse faire.

# CHAPITRE IX

La cinquantaine bien avancée, pleine aux as, liftée de frais, vulgaire à souhait, tabagique, alcoolique, la femme du juge Mercer a tout pour plaire. La visite que je lui ai rendue avant-hier m'a permis de constater que Gwen avait vu juste : outre les qualités citées plus haut, Charlotte Mercer est une obstinée. Elle est, aujourd'hui encore, persuadée d'être la seule femme à avoir jamais compté dans la vie de Laurence Fife. Sans prendre de décision définitive, je ne la placerai pas en tête de ma liste de suspects. C'est le genre à s'acharner, à s'accrocher jusqu'au bout à un homme, même contre tout espoir. Peu de chance qu'elle ait supprimé celui qu'elle refusait de perdre. Mais ce n'est pas en vain que je lui ai rendu visite car je suis ressortie de chez elle avec un bon tuyau. Comme je lui parlais de Sharon Napier, Charlotte m'a éclaté de rire au nez quand je lui ai demandé si, selon elle, l'ancienne secrétaire de Laurence Fife avait été sa maîtresse. Laurence Fife était effectivement sorti avec une Napier, mais ce n'était pas Sharon, c'était sa mère. Aussitôt, une nouvelle hypothèse est née dans mon esprit. Au courant de la liaison qu'il avait eue avec sa maman, Sharon Napier avait peut-être fait chanter Laurence Fife.

Une journée et demie, voilà ce qu'il m'a fallu pour retrouver la trace de Sharon Napier. Usant de procédés inavouables, j'ai piraté l'ordinateur du répertoire des certificats d'immatriculation. J'ai trouvé qu'une Karmann Ghia vert sombre avait été déclarée par la jeune personne à une adresse correspondant à son dernier domicile connu. Les renseignements annexes indiquent que le dossier d'immatriculation a été transféré dans le Nevada. En toute logique, j'en conclus que Sharon Napier a quitté la Californie.

Je passe aussitôt un coup de fil à Bob Dietz, un privé du Nevada dont j'ai trouvé le nom dans l'annuaire national de la profession. Après lui avoir énuméré les renseignements dont j'ai besoin, je lui laisse mes coordonnées. Il me rappelle dans l'après-midi pour m'apprendre que Sharon a fait une demande de permis de conduire dans le Nevada. Quand le permis lui a été délivré, elle habitait à Reno. Mais les informateurs de Dietz précisent qu'en mars dernier Sharon Napier a quitté la ville en laissant un beau paquet de dettes. Supposant qu'elle se trouve toujours dans le Nevada, Dietz a fouiné un peu plus avant et découvert qu'une petite société de crédit de Reno a reçu de Carson City et de Las Vegas des demandes de renseignements sur Sharon Napier. Je remercie chaleureusement mon collègue en lui disant que j'attends sa facture. « Inutile », répond Dietz. Il préfère considérer qu'il a un avoir chez moi, car il sait que, bientôt, il aura des renseignements à me demander concernant la Californie. Las Vegas me semble la ville la plus appropriée pour accueillir Sharon Napier. J'appelle les renseignements. Pas de Sharon Napier dans l'annuaire de Las Vegas. Je téléphone donc à un ami que j'ai là-bas pour lui demander de faire sa petite enquête. Comme je pars pour Los Angeles en début de semaine, je lui laisse le numéro où il pourra me joindre.

Le lendemain, dimanche, je garde ma journée pour moi. Lessive, ménage, courses. Je vais même jusqu'à me raser les jambes, pour montrer que j'ai de la classe. Lundi matin, paperasserie. Je tape un compte rendu destiné à Nikki et je passe un coup de fil au bureau de crédit, juste pour le cas où. Il semble que Sharon Napier ait, ici aussi, quitté la ville en laissant derrière elle pas mal de dettes et de créanciers furieux. Comme elle n'a pas laissé d'adresse pour faire suivre

le courrier, je promets à mes amis du bureau de crédit de les
tenir au courant si je découvre une piste. Ensuite, j'ai une
longue conversation avec le chef du contentieux de la California Fidelity au sujet de Marcia Threadgill. Pour cette
affaire, je ne suis pas directement rétribuée. Je leur accorde
mes services pour payer le loyer de mon bureau. Et ça me
rend folle de voir qu'ils sont pratiquement disposés à traiter
avec Marcia pour 4 800 dollars. Je fais tout mon possible
pour les convaincre qu'ils auraient tort de le faire.

— Elle est en train de vous entuber en beauté, dis-je.

Mais le chef du contentieux hoche la tête d'un air impuis-
sant, comme si cette affaire mettait en jeu des forces dont je
n'avais pas la moindre idée. Je ne m'avoue pas vaincue pour
autant et, en le quittant, je lui demande d'en référer à la
direction et de me tenir au courant.


A 2 heures de l'après-midi, je roule en direction de Los
Angeles. La deuxième pièce maîtresse du puzzle est Libby
Glass, et je voudrais bien trouver le rôle qu'elle a joué dans
cette affaire. A L.A., je descends à l'*Hacienda Motor Lodge*
sur Wilshire Corridor, près de Bundy. En dépit de son nom,
l'*Hacienda* n'a rien à voir avec une hacienda. C'est une
bâtisse en L à un étage, avec un petit parking et une piscine
entourée d'une chaîne fermée par un cadenas. Une plantu-
reuse personne du nom d'Arlette règne sur les lieux. Elle est
à la fois directrice et réceptionniste de l'*Hacienda*. Depuis le
comptoir, j'aperçois l'intérieur de son appartement. Elle m'a
révélé, toute fière, l'avoir meublé grâce aux bénéfices de ses
réunions Tupperware.

Pendant que je remplis ma fiche, elle se penche vers moi
et me murmure sur le ton de la confidence :

— Tiens, regarde : tu ne trouves pas qu'être gros c'est
beau ?

Je regarde. Elle a allongé un bras et se le tient avec l'autre
main afin de bien montrer cette profusion de chairs pen-
dantes.

— Je ne sais pas, Arlette. Personnellement, j'essaie d'éviter. Ce n'est pas très sain. Enfin... Je veux dire... Tu n'as pas peur des problèmes de tension ou des crises cardiaques?

– Toutes les situations comportent des risques, philosophe Arlette. Raison de plus pour qu'on nous traite comme il faut. On vit dans un monde où les gros sont victimes d'une ségrégation tout à fait anormale.

Je lui tends ma carte de crédit, puis elle me donne les clefs.

– Tiens, je t'ai gardé la chambre 2, juste à côté d'ici. Je sais que tu n'aimes pas être coincée derrière.

– Merci.

J'ai dû loger dans la chambre 2 une bonne vingtaine de fois et je la connais par cœur. Elle est toujours aussi sinistre, ce qui, dans un sens, a quelque chose de familier, de rassurant. Le sol est couvert d'un semblant de moquette grisâtre et fort pelée. Lit à deux places. Une chaise habillée de plastique orange. Au-dessus du bureau trône une lampe en forme de casque de footballeur américain décoré du sigle U.C.L.A. [1] La salle de bains est toute petite, et le tapis de douche est en papier. C'est le genre d'endroit où l'on s'attend presque à trouver sous le lit la petite culotte de la locataire précédente. En fait, j'ai pris l'habitude de descendre ici pour la simple raison que je n'aime pas claquer tout mon fric en frais d'hôtel.

Je me douche, je me change et je passe à la révision de mes fiches. Ensuite, quelques coups de fil en commençant par le dernier employeur connu de Lyle Abernathy, la Wonder Bread Company de Santa Monica. Mais Abernathy semble avoir changé d'employeur, et le bureau du personnel n'a aucune idée de ce qu'il est devenu. Son nom ne figure pas non plus dans l'annuaire de la région. Par contre, j'y découvre que Raymond Glass habite toujours à Sherman Oaks. Je vérifie le numéro. Exact, ça colle avec les fiches de la police de Santa Teresa. Raymond Glass est le père d'Elizabeth Glass alias Libby. Un autre coup de fil me met en contact avec mon ami de Las Vegas. Il a une piste pour Sharon Napier mais il va lui falloir une bonne demi-journée pour

1. *University California Los Angeles.*

la vérifier. J'appelle Arlette à la réception, je lui explique que je vais certainement recevoir des coups de téléphone et je lui demande instamment de prendre les messages avec le plus grand soin. Elle paraît un peu vexée que je puisse mettre en cause son sérieux mais je sais de quoi je parle ; elle a déjà, commis des négligences qui m'ont fait perdre pas mal de temps et d'énergie.

Pour terminer, j'appelle Nikki à Santa Teresa. Je lui fais mon rapport sur les résultats obtenus et sur mes projets, puis je contacte mon service d'abonnés absents. « Charlie Scorsoni a téléphoné, me répond la demoiselle, mais il n'a pas laissé de numéro où le joindre. » Je me dis que si c'est important, il va rappeler, je laisse donc à l'employée le numéro où l'on peut me contacter. Ensuite, je sors pour aller juste à côté de l'*Hacienda*, dans un restaurant qui change de nationalité à chacune de mes visites. La dernière fois, il était mexicain ; on y servait une sorte de chili con carne qui vous arrachait l'intérieur de la bouche. Aujourd'hui, il est grec, et l'on peut y déguster des spécialités en forme de crottes de bique enveloppées dans des feuilles. J'avale courageusement ma portion et je fais descendre tout ça avec un verre de vin qui a le goût d'essence à briquet. Il est 19 h 15, et je n'ai plus rien à faire. Je regagne ma chambre. Comme ma télé est en panne, je vais rejoindre Arlette qui regarde la sienne en s'empiffrant de caramels.

Le lendemain, je prends ma vaillante petite voiture et je franchis les montagnes qui délimitent la vallée de San Fernando. Au-dessus des contreforts, à l'endroit où l'autoroute de San Diego rejoint la bretelle de Sherman Oaks, le smog plane dans le ciel comme un mirage.

Les parents de Libby Glass habitent un petit immeuble de plain-pied divisé en quatre appartements, presque à l'intersection des voies express de Ventura et de San Diego. Je me gare. L'appartement n° 1 est sur ma gauche. Quand j'appuie sur la sonnette, j'entends, à l'intérieur, un « brrrr » qui me fait penser à la sonnerie d'un vieux réveil. La porte s'ouvre sur une femme qui tient dans sa bouche une rangée d'épingles qui montent et descendent quand elle parle.

– Oui?

– Mrs. Glass?

– C'est moi-même.

J'ai peur de la voir avaler une de ses épingles. A tort, car sa technique a l'air au point. Je me présente et je demande si on peut bavarder un moment.

Mrs. Glass enlève, une à une, les épingles de sa bouche et les pique dans un petit coussin destiné à cet usage qu'elle porte au poignet comme un bracelet. Elle prend ensuite la carte que je lui tends et l'examine avec la plus grande attention en la retournant dans tous les sens, comme si elle craignait d'y trouver de redoutables mentions additionnelles imprimées en tout petits caractères. Je profite du temps qu'elle me laisse pour l'observer. Elle porte une petite cinquantaine, ses cheveux bruns soyeux sont coupés court, style décontracté, avec des mèches passées par-dessus les oreilles. Yeux bruns, pas de maquillage, pas de collant. Elle porte une jupe portefeuille en jean, un chemisier de madras et des claquettes de coton comme on en trouve sous emballage plastique dans les grandes surfaces.

– C'est au sujet d'Elizabeth, déclare-t-elle finalement en me restituant ma carte.

Je confirme. Elle marque une vague hésitation puis fait demi-tour vers l'intérieur avec un mouvement indiquant qu'elle m'invite à la suivre. Je zizague derrière elle dans le séjour encombré pour m'asseoir sur la seule chaise qui ne soit pas couverte de coupons de tissu, de patrons ou de matériel de couture. Dans le passage en arcade qui sépare le séjour de la salle à manger, un homme d'une soixantaine d'années est installé dans un fauteuil roulant. Il a le visage figé dans une expression absente, la pantalon dégrafé sur une brioche proéminente. La femme va tourner le fauteuil, de manière qu'il se trouve devant la télévision, qu'elle allume. Puis elle lui colle les écouteurs sur les oreilles et branche la fiche sur le récepteur. Que ça lui plaise ou non, le malheureux est condamné à regarder le jeu qui se déroule sur l'écran. Un garçon et une fille déguisés en poulets font des trucs ridicules, mais, sans le son, il est difficile de dire quel est l'enjeu de cette mascarade.

— Je m'appelle Grace, dit la femme. Lui, c'est son père. Il a eu un accident de voiture, ça a fait trois ans en avril. Il ne parle plus, mais, quand il entend prononcer le nom d'Elizabeth, ça le perturbe.

Elle me raconte un peu sa vie d'une voix morne, puis se remet à tailler son tissu après m'avoir demandé si ça ne me dérangeait pas.

— Je faisais tous les vêtements d'Elizabeth, reprend-elle. Mais, quand elle a quitté la maison, elle n'a plus voulu que du prêt-à-porter. Soixante dollars une robe qui en aurait coûté douze si je l'avais faite moi-même... Enfin, elle avait quand même un œil très sûr pour le choix des couleurs. Et puis elle gagnait bien. Alors, elle pouvait se permettre de faire comme ça lui plaisait, non ? Vous voulez voir sa photo ?

Les yeux de Grace cherchent les miens, et son sourire est bien mélancolique. Je ne déçois pas son attente :

— Ce serait avec grand plaisir.

Elle soulève le bâti d'une robe de soie et le pose délicatement sur la planche où son fer est en train de chauffer. Humectant son index sur sa langue, elle teste la chaleur de l'appareil en posant furtivement le doigt sur la semelle. Le fer riposte en lui crachant une bouffée de vapeur. Elle règle le thermostat sur « laine » puis s'approche du rebord de la fenêtre où se trouvent deux photos de Libby dans un double cadre. Elle les examine avec nostalgie avant de les prendre pour me les montrer. Sur l'une des photos, Libby est face à l'appareil, mais elle a la tête penchée en avant et la main droite levée, comme si elle voulait cacher son visage. Sa chevelure blonde est coupée court et méchée par le soleil. Ses yeux bleus ont une expression de surprise. Elle a un grand sourire timide comme si elle était gênée de se faire prendre en photo. Je me demande bien pourquoi. J'ai rarement vu une fille de vingt-quatre ans qui ait l'air aussi jeune, aussi fraîche. Sur l'autre photo, le sourire est à demi formé seulement. Ses lèvres, entrouvertes sur des dents éclatantes de blancheur, creusent une douce fossette au coin de sa bouche. Elle a le teint clair, légèrement doré, et des sourcils foncés qui soulignent délicatement son regard.

– Ravissante, dis-je sincèrement. Tout à fait ravissante.

Grace est retournée à sa planche à repasser, retouchant les plis de la pièce de soie avec le bout de son fer, qui semble naviguer sur le tissu comme un navire sur une mer vert sombre. Elle éteint le fer, s'essuie les mains sur sa jupe puis prend plusieurs pièces de tissu pour les épingler.

– Je l'avais appelée comme ça en l'honneur de la reine Elizabeth, me révèle-t-elle avec un petit rire timide. Elle était née le 14 novembre, comme le prince Charles. Si ça avait été un garçon, je l'aurais appelé Charles. Raymond disait que c'était stupide, mais tant pis.

– Vous ne l'appeliez jamais Libby?

– Ah ça non. C'est elle qui avait trouvé ça quand elle était au collège. Elle avait des idées très arrêtées sur ce qu'elle voulait, sur ce qu'elle avait envie de faire de sa vie, depuis qu'elle était toute petite. Elle était très soigneuse, pas du tout maniaque, simplement ordonnée. Elle aimait les choses propres et nettes. Par exemple, elle avait tapissé les tiroirs de sa commode avec un joli papier d'emballage à fleurs. Et ils étaient toujours très bien rangés. C'était sa manière d'être, et je pense que c'est pour ça que les maths l'ont attirée par la suite. Elle avait de l'ambition aussi. Vous savez qu'elle a décroché son diplôme d'expert-comptable à seulement vingt-deux ans?

Grace recule jusqu'au rocking-chair en traînant derrière elle la robe en cours de fabrication. Elle étale soigneusement la soie sur ses genoux et commence à assembler différentes pièces à l'aide des épingles.

– On m'a dit qu'elle travaillait comme comptable chez Haycraft & McNiece. Elle y était depuis combien de temps?

– Environ un an et demi. Elle avait commencé en faisant la comptabilité de son père qui, à l'époque, avait une petite société de réparation d'appareils ménagers. Mais ça ne l'intéressait pas de travailler pour lui. Je vous ai dit qu'elle avait de l'ambition. Chez Haycraft & McNiece, elle avait deux aides-comptables sous ses ordres, ça se comprend.

– Elle s'y plaisait?

– Cette question! fait Grace. C'était tout à fait son rayon. A un moment, elle avait même commencé à parler de reprendre des cours de droit. Elle adorait tout ce qui touchait à la gestion et à la finance. Et puis elle aimait travailler avec des gens importants. Elle était fière parce que sa société représentait les intérêts de gens très riches.

Grace parle d'une voix teintée de fierté. Quant à moi, j'ai un peu de mal à faire coller les photos d'une jeune fille qui me paraît à la fois douce et rangée avec cette femme de tête que sa mère est en train de me décrire.

– Et son ancien petit ami, vous savez ce qu'il est devenu?

– Lyle? Vous allez le voir dans un moment.

– Ici?

– Mais oui, ici. Il passe tous les jours vers midi pour m'aider à m'occuper de Raymond. C'est un garçon d'une gentillesse! Mais... vous savez certainement qu'elle avait rompu avec lui quelques mois avant... avant de... nous quitter. Ils avaient fait toutes leurs études secondaires ensemble et ils s'étaient retrouvés à l'université de Santa Monica, jusqu'à ce que Lyle laisse tomber les études.

– C'est à ce moment-là qu'il s'est fait embaucher à la Wonder Bread?

– Oh non. Il a fait des tas de places avant. Quand il a laissé tomber l'université, Elizabeth avait un petit studio à elle. Elle ne me faisait pas beaucoup de confidences, mais je crois qu'elle a été très déçue par la décision de Lyle à ce moment-là. Il devait être avocat, tout était prévu, et voilà que, brusquement, il changeait d'avis sans avertir. Il trouvait que le droit c'était rasoir.

– Ils vivaient ensemble?

Les joues de Grace se colorent légèrement.

– Non, répond-elle. Ça va sans doute vous paraître bizarre, mais c'est moi qui les avais encouragés à vivre ensemble, malgré Raymond qui était contre. Je crois qu'au fond il désapprouvait Lyle de laisser tomber les études. Moi, je sentais que ça commençait à casser, et j'aurais tout fait pour recoller les morceaux. Mais Elizabeth ne voulait pas vivre avec lui; bien sûr, c'était son problème. Ce n'était quand même pas à moi de faire sa vie pour elle, pas? Mais, d'un autre côté, ça me faisait mal de voir Lyle souffrir. Il est tellement.... Mais vous allez voir quand il viendra. Je ne dis pas ça pour critiquer Elizabeth, comprenez-moi. C'était la fille idéale. On ne pouvait pas rêver mieux.

— Et vous n'avez aucune idée de ce qui a pu provoquer la rupture définitive? Enfin, je veux dire, serait-il possible qu'elle ait rencontré quelqu'un d'autre?

— Vous parlez de cet avocat de Santa Teresa?

— Oui, c'est sur sa mort que j'enquête. Vous avait-elle confié quelque chose à son sujet?

— La première fois que j'en ai entendu parler, c'est quand la police est venue de Santa Teresa pour nous questionner, affirme Grace. Elizabeth gardait sa vie intime pour elle. Mais je n'arrive toujours pas à croire qu'elle soit tombée amoureuse d'un homme marié.

Elle se met à triturer la soie d'un air agité, puis ferme les yeux et se pose une main sur le front comme pour vérifier qu'elle n'est pas en train de faire une brusque poussée de fièvre.

— Excusez-moi, reprend-elle, mais c'est difficile à accepter. Quelquefois, je me dis qu'elle est simplement tombée malade. C'est effrayant. Penser que quelqu'un a pu lui faire ça, que quelqu'un a pu la détester au point de faire ça... La police n'a même pas fait son métier. On ne sait toujours rien mais ça n'intéresse plus personne. Alors, j'essaie de me persuader que c'est une maladie grave qui l'a emportée...

Ses yeux s'emplissent de larmes. Sa douleur franchit l'espace qui nous sépare comme une grosse vague salée et je sens aussi les larmes me monter aux yeux. Je tends le bras pour lui prendre la main. Pendant un moment, elle me serre les doigts tellement fort qu'ils en deviennent tout blancs, mais elle se ressaisit, me lâche, se redresse.

— C'est comme un poids qui m'écrase le cœur, me confie-t-elle. Je ne m'en guérirai jamais. Jamais.

J'essaie de lui poser une autre question avec toutes les précautions nécessaires :

— C'était peut-être un accident. Laurence Fife, l'avocat, est mort empoisonné par du laurier-rose que quelqu'un avait mis dans une gélule de médicament. Un antihistaminique qu'il prenait à cause d'allergies dont il souffrait. On peut imaginer qu'ils ont eu un travail à faire ensemble, contrôle de comptes, par exemple. Peut-être avait-elle attrapé le rhume des foins, je ne sais pas, moi... Il aurait pu lui proposer ses médicaments. Ce sont des choses qui se font couramment.

Pendant un instant, elle considère mon hypothèse, d'un air tendu et mal à l'aise, puis elle émet une objection :

— Si je me rappelle bien, la police disait que l'avocat est mort plusieurs jours avant elle.

— Elle n'aura peut-être pas pris la gélule tout de suite. Comment savoir ? Imaginons qu'elle l'ait mise dans son sac et avalée beaucoup plus tard. Est-ce qu'elle était sujette aux allergies ? Est-ce que vous l'aviez vue avec un rhume peu de temps auparavant ?

Grace se met à pleurer avec une sorte de miaulement étouffé.

— Je ne me rappelle pas, sanglote-t-elle. Je... je ne crois pas. Je ne crois pas qu'elle ait eu le rhume des foins ou des choses comme ça. Mais ça fait tellement longtemps... Qui pourrait le dire après tant d'années ?

Elle me regarde de ses grands yeux sombres. Elle a une bonne bouille, presque enfantine, avec un petit nez et une bouche finement dessinée. Elle sort un Kleenex pour essuyer ses larmes.

— Je crois que... que je ne peux plus parler de ça, dit-elle. Mais restez donc déjeuner. Vous verrez Lyle. Il aura peut-être quelque chose d'utile à vous apprendre.

# CHAPITRE X

Grace s'est un peu apaisée pendant les préparatifs du repas. Je mets la table pendant qu'elle finit de décorer sa salade au thon à l'aide de petites pousses d'asperges. Elle me sourit timidement, heureuse de l'ambiance qui s'est créée.

— Vous aimez faire la cuisine?

Je secoue la tête.

— Pas du tout, d'autant que je vis seule!

— Moi si, mais, vous savez, je n'ai plus guère l'occasion de la faire. Sauf quand Lyle est de passage. Pour Raymond, ça n'a plus guère d'importance, quant à moi...

Elle s'arrête soudain de parler pour tendre l'oreille.

— Le voilà, dit-elle.

Je n'avais pas entendu qu'une camionnette était en train de se garer devant la maison, mais Grace devait être aux aguets. L'arrivée de Lyle semble la mettre dans tous ses états. Elle lève machinalement une main et remet de l'ordre dans ses cheveux. Lyle entre par la porte de derrière en faisant une halte en chemin, apparemment pour enlever ses bottes. Je les entends tomber l'une après l'autre.

— Salut, toi! Qu'est-ce que tu m'as fait de bon à manger?

Il entre dans la salle à manger avec un grand sourire et gratifie Grace d'un baiser sonore sur la joue. C'est seulement à cet instant qu'il m'aperçoit : il s'arrête, son visage se fige et son expression radieuse disparaît. Puis il se tourne vers Grace, l'air interloqué.

– Jé te présente miss Millhone, dit-elle.
Je rectifie :
– Kinsey.
Je lui tends la main, qu'il serre par automatisme, mais ça ne répond pas à la question qu'il se pose. Avec le sentiment gênant de perturber un protocole établi de longue date, je comble cette lacune :
– Je suis détective privé. De Santa Teresa.
Sans même m'accorder un regard de politesse, Lyle Abernathy se dirige vers Raymond.
– Salut, Pops! Alors, comment va, aujourd'hui? Ça boume?
Le visage du vieil homme reste sans expression, seuls ses yeux semblent suivre Lyle qui approche. Mais Lyle a changé tellement brusquement d'attitude qu'il me laisse l'impression de deux personnalités diamétralement opposées : l'une pleine d'entrain et l'autre sur le qui-vive. Physiquement, il est à peine plus grand que moi, avec un corps robuste et de larges épaules. Sa chemise est déboutonnée et, d'après la taille de ses pectoraux, il doit faire de la musculation. Je pense qu'il a à peu près mon âge. Cheveux blonds légèrement décolorés par le chlore d'une piscine ou par le soleil. Ses yeux bleus délavés avec leurs cils décolorés contrastent trop avec son bronzage. Son menton est un petit peu trop étroit par rapport à la largeur de ses joues. Au premier coup d'œil, il n'est pas mal, mais il dégage une impression bizarre, difficile à expliquer. Comme s'il était un peu biscornu ou que, sous cette surface lisse et ferme, les fondations étaient bourrées de fissures.
Il enlève les écouteurs de la tête de Raymond, puis éteint la télé et se met à l'ouvrage comme si je n'existais pas, parlant uniquement à Grace. Elle lui tend une serviette, qu'il noue sous le menton de l'infirme avant de lui enduire le visage de mousse pour lui faire la barbe avec un rasoir de sûreté qu'il rince dans un plat en inox. Grace sort de la bière fraîche, décapsule les bouteilles et verse le liquide ambré dans des verres tulipes qu'elle pose devant chaque assiette. Pas d'assiette pour Raymond. Quand il a terminé de le raser,

Lyle brosse le peu de cheveux blancs qu'il lui reste et lui donne à manger un pot de nourriture pour bébé. Grace me lance un regard fier et satisfait d'un air de dire : « Vous voyez l'amour de garçon que c'est ? » Lyle me fait penser à un grand dadais qui s'occupe de son petit-frère pour faire plaisir à maman. Et ça marche. Elle le regarde, l'œil débordant d'affection, recueillir à la cuiller la purée de légumes qui a coulé et la réenfourner délicatement dans la bouche pendante de Raymond. Pendant l'opération, je remarque une tache d'humidité qui commence à s'étendre sur le devant du pantalon de l'infirme.

— T'en fais pas, Pops, dit Lyle avec bienveillance. On va nettoyer ça après le déjeuner. D'ac ?

Malgré moi, les muscles de mon visage prennent une expression de dégoût.

Puis c'est le déjeuner. Lyle avale son repas à toute allure en adressant quelques rares paroles à Grace, et m'ignorant totalement. Pour essayer de briser la glace, je lui demande ce qu'il fait dans la vie.

— Maçon.

Je regarde ses mains. Il a de longs doigts tout gris à cause du ciment incrusté dans les crevasses de la peau. Malgré la distance qui nous sépare, je sens l'odeur de sa transpiration, mêlée à celle de la marijuana. Je me demande si Grace l'a remarqué. Peut-être ne se doute-t-elle pas qu'il fume de l'herbe et attribue-t-elle cette odeur à un after-shave exotique.

Je la regarde et je lui dis :

— Il faut que je fasse un saut à Las Vegas. Mais j'aimerais pouvoir repasser par ici avant de retourner à Santa Teresa. Avez-vous gardé des affaires ayant appartenu à Libby ?

D'un regard furtif, Grace essaie de consulter Lyle pour obtenir son acquiescement. Mais il mange, les yeux rivés sur son assiette.

— Je crois que oui, risque-t-elle alors. Il y a des caisses dans la cave, n'est-ce pas, Lyle ? Ce sont les livres et les papiers d'Elizabeth.

Soudain le vieillard émet un son bizarre en entendant pro-

noncer le nom de sa fille. Lyle se lève pour lui essuyer la
bouche, jette la serviette sur la table, puis empoigne le fauteuil roulant pour le pousser au fond du couloir.

— Je suis désolée, dis-je, je n'aurais pas dû parler d'elle en
sa présence.

— Il n'y a pas de mal, dit Grace... Vous pourrez regarder
les affaires d'Elizabeth en revenant de Las Vegas, mais il n'y
a pas grand-chose, vous savez.

— Lyle n'a pas l'air de bonne humeur, fais-je remarquer.
J'espère qu'il n'a pas l'impression que je m'impose.

— Mais non, pas du tout. Il est simplement un peu réservé
avec les gens qu'il ne connaît pas. Vous savez, je ne sais pas
ce que je ferais sans lui. Raymond est trop lourd ; je n'arrive
pas à le soulever. Il a eu la colonne vertébrale écrasée dans
l'accident. J'ai un voisin qui passe le matin pour m'aider à
l'installer dans son fauteuil et le soir pour m'aider à le sortir.
Encore heureux.

Elle raconte tout ça sur un ton anodin. Sa petite vie, en
somme. Ça m'en colle la chair de poule.

Lyle est encore en train de s'occuper de Raymond quand
je quitte l'appartement, après avoir aidé Grace à débarrasser
la table. Je traverse la rue et je vais attendre dans ma voiture, sans même essayer de me cacher. Je consulte ma
montre. 1 heure moins dix. Je suppose que Lyle a une heure
pour déjeuner. Exact. La porte s'ouvre, le voilà qui sort. Il se
baisse pour finir d'enfiler ses bottes, en profite pour jeter un
coup d'œil de l'autre côté de la rue : c'est alors qu'il me
repère, et il affiche un sourire entendu. Il grimpe dans sa
camionnette et recule brusquement. Je me demande un instant s'il a l'intention d'écrabouiller ma voiture, mais il
braque au dernier moment, passe la première et décolle en
laissant une traînée de gomme sur le bitume. Je me dis que
ça promet une belle course-poursuite mais, finalement, il ne
va pas loin. A un kilomètre environ, il s'arrête dans l'allée
d'une maison de taille modeste. Apparemment, il est en train
de refaire la façade en briques. Symbole de standing, car les
briques sont hors de prix sur la côte Ouest. Il n'y a certainement pas plus d'une demi-douzaine de maisons en briques
dans toute la ville de Los Angeles.

Il sort de son camion et fait le tour de la construction en enfilant sa chemise dans son falzar d'un air insolent. Je me gare dans la rue, je boucle ma Volkswagen et je le suis de l'autre côté en me disant que, s'il veut se débarrasser de moi, le meilleur moyen c'est de m'assommer avec une brique puis de couler mon cadavre dans une chape de ciment. Quand je le rejoins, il est déjà en train de gâcher du mortier dans une brouette. Mon arrivée n'a pas l'air de lui faire plaisir, et il ne fait aucun effort pour le dissimuler.

J'avance prudemment sur le chantier encombré de ferraille et de clous rouillés.

— Si on recommençait tout à zéro, Lyle ? dis-je d'un air faussement décontracté.

Il ricane, sort une cigarette qu'il se plante au coin du bec, puis l'allume en protégeant la flamme de son allumette derrière une main rugueuse. Il laisse échapper la fumée en clignant des yeux tandis que le nuage bleuté décrit des arabesques le long de sa joue avant de s'effilocher et de se dissoudre dans l'atmosphère. Le grand jeu. Pendant une seconde, j'ai l'impression de me trouver en face de James Dean dans *A l'Est d'Eden*.

— Alors, Lyle ? Vous refusez de me parler ?

— Je n'ai rien à vous raconter. Je vous le répète, pourquoi remuer toutes ces histoires ?

— Ah oui ? Vous n'avez pas envie qu'on retrouve le meurtrier de Libby ?

Sans se presser, il prend une brique et la couvre d'une épaisse couche de ciment qu'il égalise à la truelle comme de la marmelade grise sur une grosse tartine. Puis il la pose sur le mur qu'il est en train de monter et qui, actuellement, lui arrive à hauteur de la poitrine. Il la positionne en la frappant de quelques coups de maillet et se baisse pour ramasser une autre brique.

— Comment ? dis-je en mettant la main à l'oreille comme si j'étais devenue brusquement sourde.

Il ricane, ce qui fait frétiller la cigarette entre ses lèvres.

— Vous vous croyez vraiment irrésistible, pas vrai ? commente-t-il.

Je ne peux pas m'empêcher de sourire.

— Franchement, Lyle, pouvez-vous me dire à quoi ça rime ? Vous pouvez très bien refuser de me répondre, mais êtes-vous au courant de ce qu'il va m'en coûter ? Un simple coup de fil d'une demi-heure, cet après-midi. C'est à peu près le temps que ça me prendra pour découvrir tout ce que je veux savoir sur votre compte, et en plus je suis payée pour le faire. Je peux connaître votre curriculum, vos divers employeurs, l'état de vos dettes. Je peux bien sûr, savoir si vous avez été arrêté, renvoyé d'un boulot pour faute professionnelle et même si vous n'avez pas oublié de rendre des bouquins à la bibliothèque municipale.

— Allez-y. Je n'ai rien à cacher.

— Alors pourquoi ne pas me répondre ici et maintenant ? Essayez donc de vous ouvrir un peu.

— Je suis on ne peut plus ouvert, grommelle l'ersatz de James Dean.

Est-ce que ça veut dire qu'il accepte de causer ? Je tente ma chance :

— Vous ne projetiez pas de faire votre droit, Lyle ?

— J'ai laissé tomber.

— Vous préfériez peut-être fumer de l'herbe, dis-je d'un ton entre deux.

— Et vous, vous préféreriez peut-être aller vous faire sauter au lieu de m'emmerder, riposte élégamment mon interlocuteur. Est-ce que j'avais une tronche d'avocat, d'abord ? O.K., j'ai laissé tomber les études. Et alors, c'est un crime ?

— Ne le prenez pas comme ça. Je ne vous accuse de rien. J'essaie simplement de comprendre et de reconstruire l'histoire de la mort de Libby.

Il tapote sa cendre, qui tombe par terre, et du bout de sa botte la broie pour la mélanger à la poussière du chantier. Je vais m'asseoir sur un tas de briques recouvert d'une bâche. Lyle me regarde faire avec des yeux qui ne sont plus que des fentes.

— Et, d'abord, qu'est-ce qui vous permet de dire que je fume de l'herbe ? demande-t-il brusquement.

Je me tapote le bout du nez pour le lui faire comprendre, et il n'insiste pas.

– Ça n'a quand même pas l'air épanouissant, le métier de maçon, dis-je. Si vous êtes intelligent, je suppose que vous avez l'intention de faire autre chose avant de devenir dingue.

Il se tourne vers moi, on dirait qu'il se détend un peu.

– Et qu'est-ce qui vous fait penser que je suis intelligent ? Je hausse les épaules.

– Vous êtes quand même resté dix ans avec Libby Glass.

Il cogite là-dessus pendant un moment, puis, d'un ton presque hargneux, déclare :

– Je ne sais rien.

– Dans l'état actuel des choses, en tout cas, vous en savez plus que moi.

Les muscles de ses épaules sont toujours contractés, mais le reste de son corps se détend progressivement. Il secoue la tête et reprend sa truelle pour touiller le mortier dans la brouette.

– Elle m'a plaqué quand elle a rencontré ce type de Santa Teresa, l'avocat...

– Laurence Fife ?

– Peu importe son nom ! Elle n'a jamais voulu m'en parler. Au début c'était une relation d'affaires, des histoires de comptes, je crois. La boîte pour laquelle elle bossait venait de récolter le cabinet juridique, et il fallait qu'elle mette toutes les données sur ordinateur. C'était très compliqué, ils n'arrêtaient pas d'échanger des coups de téléphone pour mettre les choses au point. Il est descendu à L.A. une fois ou deux. Ils allaient prendre un verre ensemble quand elle avait fini sa journée. Et puis il l'a invitée à dîner. Elle est tombée amoureuse, voilà, c'est tout ce que je sais.

Je le regarde un instant poser ses briques en me disant que j'aimerais bien essayer. Puis je demande :

– Et c'est à ce moment-là qu'elle a rompu avec vous ?

– Grosso modo, oui. On se voyait encore de temps en temps. Mais c'était fini, je le sentais bien.

Sa voix commençait à perdre de l'assurance, son ton était moins agressif et plus résigné. Il beurre une autre brique avec du mortier mou, puis la met en place. J'en profite pour m'allonger au soleil, les coudes posés sur la bâche.

– Vous avez une hypothèse?

– Elle s'est peut-être suicidée, propose-t-il.

– Un suicide? J'avoue que ça ne m'était pas venu à l'esprit.

– Vous me posez une question, je vous réponds, fait Lyle. C'est ce que j'ai tout de suite pensé à l'époque. En tout cas, je peux vous dire qu'elle en était mordue de son avocat.

– Quand même! Au point de se suicider après sa mort?

– Allez donc savoir..., dit-il en haussant les épaules.

– Comment avez-vous su qu'il était mort?

– Quelqu'un a téléphoné à Libby et le lui a dit, répond Lyle.

– Et vous, comment l'avez-vous appris?

– Elle m'a appelé.

– Est-ce qu'elle pleurait? Est-ce qu'elle avait l'air sous le choc?

Il réfléchit. Pas facile de faire revenir des souvenirs vieux de huit ans.

– Non, dit-il enfin, elle était simplement très désemparée. Elle m'a demandé de venir chez elle, j'y suis allé, et puis elle a changé d'avis et a dit qu'elle ne voulait pas en parler. Elle était bizarre, incapable de savoir ce qu'elle voulait. Elle me faisait tourner en bourrique. Une vraie girouette. Au bout d'un moment, ça m'a énervé, et je suis parti. C'était la dernière fois que je la voyais vivante.

– Qui l'a trouvée?

– Le syndic de l'immeuble. Elle n'était pas allée travailler depuis plusieurs jours, n'avait pas appelé et ne répondait pas au téléphone. Son patron s'est inquiété. Il a contacté le syndic, qui est allé chez elle. Ils ont essayé de regarder par les fenêtres, mais les doubles rideaux étaient tirés. Ils ont frappé à la porte de devant, à celle de derrière : pas de réponse. Finalement, ils sont entrés avec un passe. Elle était en robe de chambre, par terre, dans la salle de bains. Ça faisait trois jours qu'elle était morte.

– Et le lit? Elle avait dormi dedans?

– Je ne sais pas, fait Lyle. La police n'en a pas parlé.

Je réfléchis un instant. Selon toutes les apparences, Libby

Glass prenait son médicament le soir, comme Laurence Fife. Peut-être le même. Une gélule d'antihistaminique dans laquelle le produit médicamenteux aurait été remplacé par de la poudre de laurier-rose.

— Elle avait des problèmes d'allergie, Lyle? Était-elle enrhumée la dernière fois que vous l'avez vue?

Il hausse les épaules.

— Ça, alors, je n'en sais rien. Possible. Je l'avais vue le mercredi ou le jeudi, le soir où elle avait appris la mort de cet avocat. Elle est morte le samedi, tard dans la nuit. Voilà ce qu'ils ont dit dans les journaux.

— Et cet avocat avec qui elle sortait, est-ce qu'il laissait traîner des choses chez elle? Sa brosse à dents, son rasoir par exemple. Vous voyez ce que je veux dire : il aurait pu oublier des médicaments, et Libby les aurait pris.

— Comment voulez-vous que je sache? fait Lyle en se renfrognant un peu. Ce n'est pas dans mes habitudes de fourrer mon nez où il ne faut pas.

— Elle n'avait pas une amie à qui elle aurait pu se confier?

— Au travail, peut-être. Ici, je ne vois pas. Elle n'avait pas d'amies femmes.

Je prends mon calepin et je griffonne le numéro de téléphone de mon hôtel.

— Tenez, dis-je en tendant la feuille à Lyle. Si par hasard vous pensez à quelque chose d'autre, n'hésitez pas à m'appeler.

Il prend le bout de papier et le fourre négligemment dans la poche arrière de son jean.

— Qu'est-ce que vous allez faire à Las Vegas? demande-t-il. Qu'est-ce que ça a à voir avec elle?

Je me rends soudain compte que ma conversation avec Grace ne lui a pas échappé.

— Je ne sais pas, dis-je. Pas pour le moment, en tout cas. Il y a une femme là-bas qui pourra peut-être m'aider à éclairer quelques détails obscurs. Je repasse à Los Angeles vers la fin de la semaine. Je vous reverrai peut-être à ce moment-là.

Je crois que lui n'a pas tellement envie de me revoir. Il est déjà en train de poser une autre brique en égalisant à la truelle le ciment qui dégouline. Je jette un coup d'œil à ma montre : j'ai encore le temps d'aller faire un saut à l'endroit où travaillait Libby Glass. Comme je n'ai pas l'impression que Lyle m'ait raconté tout ce qu'il savait, mais que je n'ai aucun moyen de vérifier, je me dis qu'il vaut mieux laisser courir. Pour le moment, du moins...

# CHAPITRE XI

Pas de chance chez Haycraft & McNiece. Garry Steinberg, le remplaçant de Libby Glass, était sorti. Allison, la fille de la réception, m'a promis de lui laisser mon message avec le numéro de téléphone du motel. Comme c'est un monsieur paraît-il très serviable, elle est certaine qu'il se manifestera dès que possible.

De toute manière, s'il ne se manifeste pas, je ne suis pas disposée à le lâcher comme ça.

A la seconde où je réintègre ma chambre de l'*Hacienda*, le téléphone sonne. Je décroche en toute hâte. C'est mon copain de Las Vegas. Il a l'adresse de Sharon Napier. Il a même poussé la conscience professionnelle jusqu'à aller l'espionner au *Fremont*, le casino où elle travaille comme donneuse à une table de blackjack.

— Je me suis laissé raconter qu'elle se fait des à-côtés, ajoute mon informateur. Elle drague, quoi. Je l'ai regardée opérer hier soir. Très forte, la nana. Discrète. Mais je suis sûr que c'est pas du bidon. Elle racole.

— Tu penses qu'elle marche sur les plates-bandes de quelques-uns?

— Pas vraiment. Enfin, ça dépend sous quel angle on considère la chose. Tu sais, ici, on tolère un peu tout de tout le monde. La seule chose qui soit strictement interdite, c'est de tricher au jeu. Je pense que personne ne s'intéresse particulièrement à elle.

— Merci pour le tuyau, dis-je.

— Il n'y a pas de quoi, dit-il avant de raccrocher.

Je me douche, j'enfile mon pantalon et ma chemise, puis je vais au restaurant d'en face me faire servir des clams grillés noyés dans le ketchup avec une assiette de frites. J'avale deux tasses de café pour faire descendre et je regagne ma chambre.

Décidément, c'est un vrai standard. J'ai à peine refermé ma porte, que le téléphone se met à sonner. Cette fois, c'est Charlie Scorsoni.

Dès qu'il s'est présenté, je lui demande comment ça va à Denver.

— Pas mal, répond-il. Et à L.A.?

— Ça peut aller. Je monte à Las Vegas ce soir.

— Ha! Ha! Une grosse envie de flamber?

— Pas pour deux ronds. J'ai été tuyautée au sujet de Sharon.

— Super! s'exclame-t-il. Rappelez-lui qu'elle me doit six cents billets verts.

— Avec les intérêts, peut-être? Vous rigolez! Je vais la voir pour essayer de lui tirer les vers du nez à propos d'un meurtre, et vous me demandez de lui tanner le cuir au sujet d'une vieille dette?

— Dommage. J'ai l'impression que je peux dire adieu à mes dollars. Quand vous revoit-on à Santa Teresa?

— Probablement samedi. Je repasse ici vendredi pour fouiller un peu dans les affaires de Libby Glass. Des caisses que sa mère garde à la cave. Oh, ça ne devrait pas me prendre beaucoup de temps. Mais pourquoi me demandez-vous ça?

— Parce que j'ai toujours la ferme intention de vous offrir un verre, dit-il. Je rentre de Denver après-demain. Donc je serai là-bas avant vous. Vous m'appelez à votre retour?

J'hésite, mais pas longtemps.

— O.K.

— Ne me faites pas faux bond, Millhone, hein! lance-t-il d'un ton sévère.

Je ris.

100

– Je vous passe un coup de fil. Promis.

– Parfait. A bientôt.

Un moment après avoir raccroché, un sourire idiot s'attarde encore sur mes lèvres. Qu'est-ce qui m'arrive ? Mais qu'est-ce qu'il a donc, ce type ?

On se secoue, Kinsey Millhone ! Il y a environ six heures de route entre Los Angeles et Las Vegas. Il est un tout petit peu plus de 7 heures du soir et il fait encore grand jour. Je remballe mes petites affaires, je balance le tout sur le siège arrière de la voiture et je vais trouver Arlette pour lui dire que je m'absente un jour ou deux. Cette fois, elle fait du zèle :

– Si on te téléphone, tu veux que je dise de rappeler, ou quoi ?

– Je te passerai un coup de fil en arrivant et je te laisserai un numéro où on pourra me joindre.

# CHAPITRE XII

Il est beaucoup plus de minuit quand Las Vegas m'apparaît, scintillante, à l'horizon. Je tiens, avant tout, à éviter le Strip. A la vérité, j'éviterais même volontiers Las Vegas si je n'étais pas venue pour raison professionnelle. La vie dans cette ville ressemble à la vie au fond des océans. Jour et nuit n'ont plus de sens. La marée humaine erre à la dérive, comme poussée par d'invisibles courants. Tout est en carton-pâte comme dans un décor. Du toc plus grand que nature, colossalement impersonnel. Sur toute la ville plane l'odeur des crevettes grillées qu'ont sert pour moins de deux dollars.

Je trouve un motel près de l'aéroport, à la périphérie de la ville, le *Bagdad*. On jurerait une caserne de la Légion étrangère en massepain. Le gérant de nuit porte un gilet de satin or sur une chemise de satin orange à manches bouffantes. Il est coiffé d'un fez avec l'inévitable gland. Il a une respiration rauque qui me donne envie de me râcler la gorge.

– Etes-vous un couple marié résidant hors du Nevada ? s'enquiert-il sans même lever le nez.

Je riposte que je réside effectivement dans un autre Etat mais qu'il me serait difficile à moi seule de constituer un couple, marié ou non.

– Il y a quinze dollars de bons de réduction sur les chambres de deux personnes pour les couples mariés résidant dans un autre Etat. Je vais vous inscrire comme ça. De toute façon, il n'y a jamais de contrôle.

Puisqu'il y tient. Je lui passe ma carte de crédit, qu'il fait glisser dans la machine tandis que je remplis ma fiche. Il me restitue ensuite la carte, accompagnée d'une clef de chambre et d'un gobelet en carton plein de *nickels* [1] pour jouer aux machines à sous qui sont près de la porte. Je laisse le gobelet sur le comptoir.

Je vais garer ma voiture devant la porte de ma chambre, et je prends un taxi pour aller me plonger dans les lumières artificielles de Poudre-aux-Yeux City.

J'entre dans le casino où Sharon Napier exerce ses talents. Elle n'y est pas. Honnêtement, je ne m'attendais pas à tomber nez à nez avec elle dès mon arrivée. Le directeur du salon de jeu m'apprend qu'elle commence son service demain matin à 11 heures. Enfin, la virée m'aura au moins permis de repérer les lieux et de me mettre dans l'ambiance. J'en profite aussi pour colmater le petit creux que j'ai à l'estomac, puis je hèle un autre taxi pour regagner mes quartiers.

Le décor oriental du *Bagdad* disparaît comme un mirage dès que je franchis la porte de ma chambre, qui ressemble à n'importe quelle chambre de n'importe quel motel de n'importe quel Etat. Je passe un rapide coup de fil à mon service d'abonnés absents, un autre à une Arlette qui bâille à se décrocher la mâchoire, et je leur laisse les coordonnées où il sera possible de me joindre. Cela fait, je m'offre la nuit de sommeil dont j'ai grand besoin.

J'ouvre un œil vers 10 heures du matin et je comprends tout de suite que ça va mal. D'abord, j'ai un début de migraine. Ensuite, j'ai la gueule de bois alors que je n'ai pas absorbé une goutte d'alcool. J'ai l'habitude du phénomène; c'est l'effet bienfaisant de Las Vegas. A chaque fois que je viens ici, c'est la même chose : le stress et l'écœurement se conjuguent pour me faire somatiser au point que j'en développe tous les symptômes d'un début de grippe. Je gobe deux Tylenol puis je prends une longue douche pour essayer de laver les bouffées nauséeuses qui me montent à la gorge. Je me sens à peu près aussi légère que si j'avais avalé trois kilos

1. Pièce de 5 *cents*.

de pop-corn trempé dans du beurre rance et saupoudré de saccharine.

En sortant du motel, je suis éblouie par la lumière du jour. Au moins, l'air est frais et, de jour, la ville paraît plus tranquille, réduite enfin à ses véritables proportions. Le désert s'étend derrière le motel dans une brume grise qui vire au mauve en touchant l'horizon. Une douce brise souffle. Seul augure de chaleur, le soleil se reflète sur le désert en flaques luisantes qui s'évaporent dès qu'on approche. Ici et là, une touffe de sauge argentée par la poussière brise la monotonie de cette terre aride, sans arbres, délimitée dans le lointain par de vagues chaînes de collines.

Sharon Napier habite un immeuble bas d'un étage, à l'autre bout de la ville. Le bâtiment est couvert d'un stuc rose saumon rongé par l'érosion, comme si des animaux rampants venaient la nuit en grignoter les arêtes vives. Le toit presque plat est constellé de pierres pour retenir les tuiles, et les balustrades de fer laissent de longues bavures rouillées sur les flancs de la maison. Le paysage n'est que rocaille, yuccas et cactus. Ce n'est pas grand : seulement une vingtaine d'appartements disposés autour d'une piscine en forme de boomerang, séparée du parking par un mur de parpaings. Deux gamins sont en train de patauger dans l'eau. A l'étage, une femme entre deux âges vient d'accéder au palier extérieur. Chargée d'un gros sac d'épicerie, elle cherche sa clef, ouvre sa porte et disparaît chez elle. Un jeune Chicano [1] est en train de nettoyer les passages cimentés à la lance d'arrosage. De part et d'autre de l'immeuble se trouvent quelques maisons individuelles. Derrière, de l'autre côté de la rue, s'étend un terrain vague désolé.

L'appartement de Sharon se trouve au rez-de-chaussée. Son nom est gravé sur une bande de plastique blanc collée sur la boîte aux lettres. Les doubles rideaux sont fermés, mais quelques crochets se sont détachés des anneaux, et le lourd tissu godaille vers l'intérieur, laissant un espace qui me permet de jeter un coup d'œil indiscret. J'aperçois une table de Formica beige et deux chaises de cuisine assorties. Au

1. Emigré mexicain.

coin de la table, le téléphone repose sur une pile de papiers. A côté se trouve une tasse à café avec des marques de rouge à lèvres. Une cigarette avec des traces de la même couleur est écrasée dans la soucoupe. Je regarde alentour : apparemment, personne ne fait attention à moi. J'en profite pour me glisser dans un passage qui relie la cour à l'arrière du bâtiment.

Le numéro d'appartement de Sharon figure également sur la porte de derrière. Sur cette façade se trouvent quatre autres portes, donnant chacune sur un palier bordé d'un muret. L'idée, j'imagine, est de créer l'illusion de petits patios. De l'autre côté sont alignées les poubelles collectives. Je me glisse dans le petit « patio » de Sharon, mais les rideaux de la cuisine sont tirés. Six pots de géraniums décorent l'entrée, deux chaises pliantes en aluminium sont posées contre le mur, et un tas de vieux journaux traîne à côté de la porte. Il y a une petite fenêtre sur la droite et une autre, plus grande, un peu plus loin. Difficile de dire si c'est la chambre à coucher de Sharon ou celle de son voisin. Je balaie du regard le terrain vague. Toujours personne. Je ressors du patio et je tourne à gauche dans le passage pour regagner ma voiture. Direction le *Fremont*.

Là, je n'ai aucune difficulté à trouver Sharon Napier. C'est une grande femme, qui ne doit pas faire loin du mètre quatre-vingts, peut-être plus avec ses hauts talons. Et c'est le genre de silhouette qu'on ne peut pas s'empêcher de remarquer : longues jambes galbées gainées d'un collant à résille noir, jupe noire très courte et légèrement évasée sur le haut des cuisses, taille fine, ventre plat. Le corsage noir, serré, de sa tenue de travail comprime une généreuse poitrine comme pour mieux la mettre en valeur. Son nom est brodé au-dessus de son sein gauche. Elle a des cheveux blond cendré que la lumière artificielle rend encore plus clairs et des yeux d'un vert irréel, d'une étonnante luminosité peut-être due à des verres de contact teintés. Un visage fin, ovale, avec une très belle peau claire et des lèvres sur lesquelles je reconnais le rose aperçu tout à l'heure sur la tasse et le mégot de cigarette. Un rose qui accentue les belles proportions d'une bouche faite pour exécuter des actes contre nature. Quelque chose dans sa façon d'être semble promettre au client intéressé une séance amoureuse cool et imaginative, au plus juste prix, et ce n'est probablement pas donné.

Elle distribue les cartes avec des gestes mécaniques d'une remarquable rapidité. Trois hommes sont perchés sur de hauts tabourets autour de la table où elle opère. Nul ne dit mot. La communication se fait par des gestes quasi imperceptibles : une carte retournée ou placée sous un tas de plaquettes, un haussement d'épaules quand la carte du dessus est retournée. Deux en bas, une en haut. Clac, clac. Au deuxième tour, un joueur retourne un blackjack, et elle le règle aussitôt. Deux cent cinquante dollars en plaquettes. Je vois les yeux du gagnant qui la détaillent tandis qu'elle ramasse le jeu, bat les cartes d'une main experte, les distribue à nouveau. Il est maigre, avec un crâne étroit et dégarni et une moustache noire. Ses manches de chemise sont roulées sur ses bras et trempées de sueur aux aisselles. Son regard passe lentement sur le corps de Sharon, remonte, s'arrête sur le visage parfait aux yeux lumineux. Elle ne lui accorde aucune attention particulière, mais j'ai le sentiment qu'un accord a été conclu pour des retrouvailles en privé. Je bats en retraite vers une autre table pour pouvoir l'observer à distance. A 1 h 30, elle fait un break. Elle se dirige vers un salon de détente, commande un Coca et allume une cigarette. Je la rejoins et je demande tout de go :

— Vous êtes bien Sharon Napier?

Elle me regarde. Elle a de longs cils noirs et, dans la lumière fluorescente, ses yeux verts paraissent presque turquoise.

— Je ne crois pas que nous nous connaissions, fait-elle après un rapide examen de ma personne.

— En effet. Je m'appelle Kinsey Millhone. Je peux m'asseoir?

Elle a un vague mouvement d'épaules qui a l'air de dire : « Pourquoi pas? » Tirant de sa poche un petit poudrier, elle vérifie son maquillage. Elle répare une légère bavure sur sa lèvre supérieure. Ses cils sont faux, et ça se voit quand on regarde de près, mais ça donne à ses yeux un petit air bridé très exotique. Elle retouche le maquillage de ses lèvres à l'aide de son petit doigt qu'elle trempe dans un pot de rose.

— Qu'est-ce que je peux faire pour vous ? demande-t-elle en levant brièvement les yeux de son petit miroir.

— J'enquête sur la mort de Laurence Fife.

Ça la stoppe nette. Elle s'arrête dans son geste. Tout son corps pulpeux se fige. Si j'étais photographe, je crois que ce serait le moment de la capture parfaite. Une seconde passe, puis elle reprend vie. D'un geste sec, elle ferme son poudrier, prend sa cigarette dans le cendrier et tire une longue bouffée. Elle m'examine plus attentivement que la première fois.

— C'était une ordure finie, déclare-t-elle en laissant échapper un peu de fumée à chaque syllabe.

— C'est ce que je me suis déjà laissé dire, laissai-je tomber en guise de commentaire. Vous avez travaillé longtemps pour lui ?

Elle sourit.

— Vous avez pris vos renseignements, non ? Alors je suppose que vous le savez déjà.

— Plus ou moins. Mais, il y a des tas de choses que j'ignore. D'accord pour éclairer ma lanterne ?

— Sur quoi ?

J'ai un haussement d'épaules évasif.

— Je ne sais pas, moi, sur la manière dont se passait le travail avec lui, sur ce que vous avez éprouvé quand il est mort...

— Dans le travail, c'était un fumier. Vous ne pouvez pas savoir le plaisir que sa mort m'a procuré, dit-elle. Pour le cas où vous ne l'auriez pas déjà deviné, j'avais horreur du travail de secrétariat.

— Celui que vous faites actuellement semble mieux vous convenir.

— Je n'ai pas de confidences à vous faire, lance-t-elle froidement. Et, d'abord, qui vous envoie ici ?

Je me jette à l'eau :

— Nikki.

Sharon me paraît stupéfaite.

– Hein? Mais elle est en prison, non?

– Elle vient de sortir.

Elle prend un moment pour réfléchir à la situation, puis ses manières deviennent un peu plus gracieuses.

– Elle est pleine aux as, non? demande-t-elle.

– Disons qu'elle n'est pas sur le pavé, si c'est ça que vous voulez dire.

Sharon éteint sa cigarette en écrabouillant net le petit bout rouge.

– Je sors à 19 heures, dit-elle. Si vous passiez chez moi? On pourrait bavarder plus tranquillement.

– Vous avez des choses intéressantes à me dire?

– Pas ici.

Elle me donne son adresse, que je note consciencieusement sur mon calepin, comme si je ne la connaissais pas. En relevant les yeux, je la vois regarder vers la gauche, et je jurerais qu'elle lève la main pour saluer une connaissance. Un sourire fleurit sur ses lèvres, puis se fane aussitôt. Elle tourne la tête vers moi, l'air incertain, puis se met de côté pour me boucher la vue. Mon réflexe naturel est de me hausser pour regarder par-dessus son épaule, mais elle détourne mon attention en me donnant un petit coup d'ongle sur le dos de la main. Je lève les yeux vers elle, mais elle regarde dans le vague, l'air absent, et dit :

– C'est le directeur du salon de jeu qui vient de me signaler que mon break est terminé.

Dans le mensonge, elle utilise la même technique que moi : un aplomb naturel et détaché qui exclut toute objection.

– Très bien, dis-je. Dans ce cas, je vous vois chez vous ce soir à 7 heures.

– Disons 8 heures moins le quart, rectifie-t-elle sereinement. J'ai besoin d'un peu de temps pour me détendre après mon travail.

Je note mon nom et l'adresse de mon motel, j'arrache la page de mon calepin et je la lui donne. Elle plie le papier et le glisse dans son paquet de cigarettes, sous la cellophane. Puis elle se lève et s'éloigne avec un gracieux balancement des hanches.

Sa cigarette écrasée fume encore un peu, et mon estomac m'envoie un petit message de protestation. Il serait intéressant de rester dans le secteur pour garder un œil sur Sharon, mais mes symptômes ne vont pas en s'arrangeant : j'ai les mains moites et une envie folle de m'allonger. Cette grippe est peut-être moins imaginaire que je ne le croyais. Je traverse le hall et sors du *Fremont*. Dehors, l'air frais me fait du bien, mais ce n'est que momentané.

Je rentre au *Bagdad* et j'achète un Coke dans un distributeur automatique. Nous ne sommes qu'en début d'après-midi, et je n'ai rien à faire jusqu'au dîner. Je mets la pancarte *Do not disturb* à la porte et je m'enfouis dans mon lit, qui n'a pas encore été fait, remontant les couvertures jusqu'au cou.

Toutes mes articulations me font mal, ma tête tourne, et je m'endors sans être parvenue à me réchauffer.

# CHAPITRE XIII

Un bruit infernal me tire du sommeil. Je me redresse sur un coude, le cœur battant, et il me faut quelques instants pour reconnaître la sonnerie du téléphone. La chambre est plongée dans l'obscurité, et maintenant j'ai trop chaud. Je cherche l'appareil à tâtons puis décroche tout en rejetant les couvertures au pied du lit. Je trouve enfin l'interrupteur de la lampe de chevet. La lumière m'éblouit.

– Allô!

– Kinsey Millhone? Ici Sharon Napier. On dirait que vous m'avez un petit peu oubliée!

Je regarde ma montre. Mince! Il est 8 heures et demie du soir.

– Mon Dieu, excusez-moi. Je me sentais un peu grippée, je me suis couchée et je me suis endormie. Est-ce que vous restez un moment chez vous? Si ça vous va, je peux venir tout de suite.

– Bon, ça ira, répond-t-elle froidement comme si elle n'avait pas que ça à faire. Attendez une minute, il y a quelqu'un qui frappe à ma porte...

Je l'entends poser le combiné et j'imagine l'appareil sur la table de Formica beige. Je garde l'écouteur à l'oreille en attendant qu'elle me reprenne en ligne, n'arrivant pas encore à réaliser que j'ai dormi comme une souche tout l'après-midi. Je ne suis vraiment pas dans le *timing*, par moments! J'entends Sharon ouvrir la porte, étouffer une petite excla-

111

mation de surprise. Et puis j'entends comme une détonation
sèche.

Je m'assieds d'un seul bond sur mon lit, collant l'écouteur
contre mon oreille tout en appliquant la main sur le micro.
Qu'est-ce qui se passe là-bas ? A l'autre bout du fil, j'entends
qu'on ramasse le combiné. Je m'attends à ce que Sharon
reprenne la conversation, je m'apprête à lui poser une question, mais au dernier moment je me retiens. J'entends un
bruit de respiration à l'autre bout, le souffle rauque, sexuel-
lement indéfinissable, d'une personne légèrement hors
d'haleine. Puis quelqu'un murmure un « allô » qui me glace
le sang. Cette fois, j'envisage le pire. Mon cœur cogne contre
ma poitrine. J'entends encore une espèce de ricanement puis
un « clic », un temps mort de plusieurs secondes et la tona-
lité.

La décharge d'adrénaline expédie tous mes symptômes au
diable. Mes mains tremblent un peu mais, au moins, je suis
de nouveau d'attaque. Je sors de l'hôtel, fonce à ma voiture
et démarre sur les chapeaux de roues. En conduisant, je sors
ma torche électrique de la boîte à gants et je vérifie que les
piles ne sont pas à plat. De ce côté, au moins, pas de problème : la torche remplit son office. Au fur et à mesure que
j'approche de chez Sharon, mon angoisse augmente. Soit elle
est morte à l'heure qu'il est, soit elle m'a fait une blague de
très mauvais goût. Mais j'ai bien peur que tout ça n'ait rien à
voir avec son sens de l'humour.

Pas de voiture de police ni d'attroupement devant
l'immeuble. Pas de sirène hurlant dans le lointain. Contre
toute attente y aurait-il un brin d'espoir ? Je m'arrête en face
et je me retourne vers le siège arrière pour prendre une paire
de gants de plastique dans ma serviette. Au passage, ma
main effleure le canon court de mon petit automatique, et
j'ai la folle envie de le glisser dans une poche de mon coupe-
vent. Mais si elle est morte, le cas de figure le plus probable,
il vaudrait mieux éviter de me faire pincer chez elle avec une
arme à feu dans la poche. Je laisse le pistolet où il est, je
boucle ma voiture et je me dirige vers l'immeuble en four-
rant la clef dans la poche de mon jean.

Pas de lumière chez Sharon. Personne dans les parages. J'approche : on a resserré les rideaux pour fermer le trou par lequel j'ai pu faire un peu d'espionnage tout à l'heure. Je frappe à la porte. Pas de réponse.

Je m'engage dans l'étroit passage qui contourne le bâtiment et je passe par-derrière. J'entends une chaîne stéréo dans les appartements du haut, je ne sais pas trop où. J'ai mal aux reins et j'ai les joues en feu. La grippe ou la trouille ? Impossible de savoir. La question immédiate est : qu'est-ce que je fais si je trouve quelqu'un à l'intérieur ? Des cinq cuisines, celle de Sharon est la seule à ne pas être allumée. Une ampoule extérieure brûle au-dessus de chaque petit patio. J'essaie la porte de derrière. Bouclée. Je frappe au carreau.

– Sharon ?

Je tends l'oreille pour essayer de capter tout bruit venant de l'intérieur. Silence sépulcral. Je scrute l'entrée à la recherche d'une cachette pour un trousseau de clef. Dans un coin, je vois un broc d'arrosage en plastique vert et une petite pelle de jardinage. Au-dessus, le mur de parpaings est décoré de circonvolutions de béton. Je fouille dans les trous et je finis par y trouver ce que j'espérais. Une clef. En me hissant sur la pointe des pieds, je dévisse légèrement l'ampoule qui éclaire la porte, et l'ombre s'abat sur le patio. J'enfile la clef dans la serrure et je pousse légèrement la porte.

– Sharon ?

J'ai essayé de murmurer son nom le plus discrètement possible, mais c'est sorti beaucoup plus fort et plus rauque que je ne l'aurais voulu. Je redoute d'allumer, mais il faut absolument que je sache si je suis seule ou non. Je trouve un interrupteur au-dessus de l'évier. Je l'actionne en m'accroupissant aussitôt, le dos au frigo, pour me planquer. Je retiens ma respiration, en écoutant attentivement. Rien de rien. Je vais avoir bonne mine si, par hasard, le bruit que j'ai entendu était celui d'un bouchon de champagne et que je trouve Sharon et un client dans la chambre obscure en train de se livrer à des activités sexuelles raffinées avec un fouet et des accessoires érotiques inavouables.

Je me relève et je regarde dans le séjour. Sharon est étendue sur le sol, vêtue d'une robe d'intérieur de velours vert. Si elle n'est pas morte, elle est assommée ou plongée dans un sommeil qui n'a rien de naturel. Je fais deux pas, en me collant au mur, et j'attends un instant avant de jeter un coup d'œil dans le couloir. Il fait noir comme dans un four. Je trouve l'interrupteur et je fais de la lumière. Maintenant, je découvre une partie de la chambre. Apparemment, il n'y a personne dedans. J'y vais à pas de loup. J'allume. Rien. Il y a une autre porte, entrouverte, sur ma droite. Je suppose que c'est la salle de bains. Pour l'instant, rien ne me permet de penser que l'appartement ait été dévalisé. Les portes coulissantes du placard sont fermées, et je n'aime pas du tout ça. C'est alors que je capte un très léger bruit métallique en provenance de la salle de bains. Mon cœur se met à tambouriner. Je m'accroupis, tenant ma torche électrique comme une matraque. Ma torche... J'ai bonne mine avec ma torche! Ah, c'est bien de moi d'avoir laissé le pistolet dans la voiture. De nouveau le petit bruit métallique se fait entendre. Puis il prend un rythme régulier qui me fait soudain comprendre à quoi j'ai affaire. A quatre pattes, je marche jusqu'à la porte, je la pousse et j'allume la torche. Une cage est posée sur la tablette de la baignoire et, dedans, une souris blanche est en train de faire son jogging en marchant sans fin à l'intérieur d'une roue. Je fais de la lumière dans la salle de bains : vide!

Je retourne aux portes du placard et je les ouvre brusquement, en redoutant de me faire assommer. Mais il n'y a personne là non plus. Enfin, je laisse échapper le soupir de soulagement que je retenais depuis mon arrivée ici. Je retourne boucler la porte de la cuisine et je tire les rideaux pour me cacher aux regards indiscrets. Les gants de plastique me permettent de ne laisser aucune empreinte compromettante. Je me livre à une rapide fouille des lieux. Rien d'intéressant. Je retourne vers Sharon. J'allume dans le séjour et je m'agenouille près d'elle. La balle est entrée par le haut du sternum, formant à la base du cou un médaillon de rubis. Du sang a imprégné le tapis sous sa tête. Il a foncé en séchant et a pris une couleur de foie de volaille. Il y a de petites esquilles osseuses dans ses cheveux, et je suppose que l'impact du projectile lui a sectionné la colonne vertébrale. Dans un sens, tant mieux pour elle. Elle n'a pas eu le temps de souffrir. Ses paupières sont restées à demi ouvertes, et le vert de ses yeux, tout à l'heure si lumineux, est devenu glauque, opaque. La chevelure blonde paraît grise dans la mort. Si j'étais arrivée à l'heure à notre rendez-vous, Sharon n'aurait peut-être pas été tuée. Je voudrais pouvoir me faire pardonner mon manque de savoir-vivre, m'excuser d'être fatiguée, d'avoir dormi. Je voudrais la prendre dans mes bras, la bercer, lui redonner vie. Et puis, dans un brusque accès de lucidité, je comprends que, si j'avais été ici avec elle quand le tueur est venu, je serais peut-être allongée sur ce tapis à ses côtés. Morte comme elle.

J'attends d'avoir repris mes esprits, et je cherche des indices. Partout, ce n'est que fouillis, mais fouillis familier. Vêtements sales entassés dans la salle de bains, poubelles débordantes, vaisselle dans l'évier. Visiblement, Sharon Napier était désordre, voilà tout. Le mobile du meurtre n'était pas le cambriolage. Apparemment, on n'a pas regardé à la dépense pour le mobilier mais, connaissant le penchant de Sharon pour les crédits non payés, je pense que la plupart des choses qui équipent son appartement ne sont pas légalement sa propriété. Je jette un coup d'œil à la liasse de papiers sous le téléphone. Ce ne sont qu'avis d'échéance et factures impayées. Ça confirme mon hypothèse. Le goût de Sharon pour le chaos financier n'avait guère changé depuis son départ de Santa Teresa. Je prends tout ça pour le fourrer dans la poche de ma veste.

Le grincement métallique se fait de nouveau entendre. Je retourne à la salle de bains. La petite bestiole stupide et innocente me regarde avec ses gros yeux rouges. Méthodiquement, avec ferveur, elle continue de marcher pour n'aller nulle part.

– Je suis désolée, lui dis-je bêtement.

Et je sens une larme rouler sur ma joue, couler jusqu'à mes lèvres. C'est de la sensiblerie mal placée, j'en suis consciente, mais il faut bien que ça sorte d'une façon ou d'une autre. La souris a de l'eau, mais son récipient à nourriture est vide. Je le remplis avec de petits granulés verts, puis je retourne au téléphone et je demande à l'opératrice de me passer les services de police de Las Vegas. Les mises en garde de Con Dolan résonnent sourdement dans ma mémoire. Il ne manquerait plus que les flics du coin me retiennent pour m'interroger. Ça sonne deux fois à l'autre bout avant qu'une voix rocailleuse me demande ce que je veux selon la formule standard.

– Bonsoir, dis-je.

Je sens que ma voix tremble et je me racle la gorge avant de poursuivre :

– Voilà, j'ai entendu des bruits bizarres chez ma voisine. Je suis allée voir, et elle ne répond pas. J'ai peur qu'elle ait eu un accident ou un malaise. Vous ne pourriez pas venir voir ?

Ça n'a pas l'air de le passionner, mais il me demande néanmoins l'adresse et dit qu'il va envoyer quelqu'un.

Je consulte ma montre. Ça ne fait pas tout à fait une demi-heure que je suis ici, et il est grand temps de filer. Je ne tiens pas à ce que le téléphone sonne pour alerter les voisins ou, pire, qu'on frappe à la porte. J'éteins toutes les lumières et je me dirige vers la porte de derrière. Je tends l'oreille pour m'assurer que personne ne vient.

Au passage, je jette un coup d'œil en direction de Sharon. J'en suis malade de partir en la laissant comme ça mais je sais que je n'ai rien à gagner à attendre ici. D'ailleurs, je crois que, plus vite je quitterai Las Vegas, mieux ce sera. Je ne veux pas qu'on puisse faire le rapprochement entre ma présence dans cette ville et sa mort, encore moins que Con Dolan apprenne que je suis venue chez elle. Après tout, elle a peut-être été tuée par la Mafia, ou par un quelconque souteneur, ou encore par l'obsédé du casino qui la dévorait des yeux ce matin pendant qu'elle lui comptait ses deux cent cinquante dollars.

Je contourne le cadavre. Ses longs doigts n'ont pas encore perdu leur souplesse. Avec leurs ongles laqués de rose, ils sont à peu près tout ce qu'il reste à Sharon de gracieux. Mais, brusquement, le souffle me manque : le morceau de papier qu'elle avait glissé dans son paquet de cigarettes avec mon nom et l'adresse de mon motel! Où a-t-elle pu le fourrer? Je regarde partout, le cœur battant. Pas de paquet de cigarettes en vue, ni sur l'accoudoir du divan, ni sur la table de Formica. Rien dans la cuisine. Je retourne regarder dans la salle de bains. Rien non plus. Tout à coup, j'ai l'impression d'entendre le hurlement lointain d'une sirène de police. Merde, merde et merde! Il faut que je retrouve ce papier! Je fais les poubelles. Toujours pas de paquet de cigarettes, ni dans la chambre à coucher. Finalement, je regagne le living où se trouve le corps. Il y a deux grandes poches sur les côtés de sa robe de velours vert. Je serre les dents. Le paquet est dans celle de droite. La feuille de mon calepin est parfaitement visible sous la cellophane. Il reste cinq ou six cigarettes. Maîtrisant ma répulsion, je le glisse vivement dans ma veste.

Je me faufile vers la porte de derrière pour l'entrouvrir. Il y a des voix dehors. Tout près. Sur ma droite, j'entends quelqu'un qui referme le couvercle d'une poubelle.

— Son ampoule est grillée, dit une voix de femme. Tu devrais aller le dire au gardien.

J'ai l'impression qu'elle est juste à côté de moi.

— Et pourquoi tu ne vas pas le lui dire à *elle*? fait le mari qui n'a visiblement aucune envie de se déranger.

— Je crois qu'elle n'est pas là. Il n'y a pas de lumière.

— Mais si, j'en ai vu il y a une minute.

— Enfin, Sherman, il n'y a personne. Tout est noir là-dedans, insiste la femme. Elle a dû partir par la porte de devant.

Le bruit de la sirène est tout proche, maintenant. Mon cœur cogne tellement fort que j'en ai mal à l'intérieur de la poitrine. Tant pis, je n'ai pas le choix. Je sors sur le patio obscur. Je m'arrête un instant pour remettre la clef dans le petit trou où je l'ai trouvée, derrière le broc. Je file sur la gauche en direction de la rue. Je suis en nage quand j'atteins ma Volkswagen et j'ai juste le temps de retirer mes gants de caoutchouc avant que la voiture de patrouille n'arrive. Une violente migraine me martèle le crâne, et une nausée me sou-

lève le cœur. J'ai l'impression que je ne vais pas pouvoir
résister à l'envie de vomir. Je me force à avaler ma salive.
Mes mains tremblent tellement que je ne suis pas sûre d'arriver à faire partir le moteur. J'y parviens tout de même, après
plusieurs essais. J'avance prudemment et m'éloigne sans attirer l'attention. En passant devant l'entrée de l'immeuble, je
vois un flic en uniforme contourner le bâtiment pour entrer
chez Sharon par l'arrière. Je remarque sa main, qui repose
sur la crosse de son revolver à son ceinturon.

Je trouve qu'il en fait un peu beaucoup pour une vérification de routine et je me demande avec un frisson d'effroi si
quelqu'un d'autre n'aurait pas, par hasard, passé un coup de
fil plus explicite que le mien. Une demi-minute de plus et je
me faisais coincer dans cet appartement avec la perspective
d'un interrogatoire plutôt délicat. Cette constatation n'a rien
d'agréable, mais elle a au moins le mérite de me remettre la
tête sur les épaules.

A peine arrivée au *Bagdad*, je demande ma note et je plie
bagage après avoir effacé toutes les empreintes de ma
chambre. J'ai l'impression de tenir une sale fièvre; je n'ai
qu'une envie, c'est de me rouler dans une couverture et de
dormir. Malheureusement, le sort en a voulu autrement.

Quelques minutes plus tard, je suis sur la Highway 93 et je
roule vers le sud-est en direction de Boulder City. Là, je
bifurque vers le sud par la 95. Je me sens comme une véritable miraculée. Mon état de fatigue me permet encore
d'atteindre Needles où je trouve un petit motel pas cher. Je
me couche et je dors dix heures d'affilée. Mais, malgré
l'oubli volontaire dans lequel je me plonge, je ne peux empêcher d'effroyables pensées de venir me hanter. Je tremble en
songeant au processus qui vient de se mettre en branle, et
l'idée que je suis peut-être pour quelque chose dans la mort
de Sharon Napier n'arrête pas de me torturer.

# CHAPITRE XIV

Le lendemain, je me sens de nouveau d'attaque. Un solide breakfast pris en face du motel achève de me remettre sur pied. Quand on vient de quitter Las Vegas, la route à travers le désert est un authentique plaisir. Rien de tel que cette sérénité aride pour vous réconcilier avec la vie.

Je trouve Greg Fife installé dans un petit camping-car gris à la sortie de Durmid, sur la rive est de la Salton Sea. Après un accueil franchement hostile, il se détend lorsque j'accepte de faire un brin de jogging avec lui. Puis il me laisse utiliser la douche que ses voisins mettent à sa disposition et m'offre une bière.

Je lui demande ce qu'il se rappelle de l'époque qui a immédiatement précédé la mort de son père.

— Pourquoi ?

— Ça peut m'être très utile, dis-je. Je voudrais reconstituer ce qui s'est passé juste avant. Mettons pendant les six derniers mois de sa vie. Vous comprenez, il avait peut-être une grosse affaire en cours devant les tribunaux. Ou une plainte déposée à titre personnel. Ou encore un litige avec un voisin sur les limites d'une propriété. N'importe quoi.

— Je serais incapable de vous donner ce genre de détails, affirme Greg. Tout ce dont je peux vous parler, ce sont des événements familiaux. Pour le reste, je ne sais pas.

— O.K., parlons de ce que vous savez.

119

– Nous étions venus à Salton Sea, cet automne-là. C'est pour ça, d'ailleurs que je suis revenu m'y installer.

– Toute la famille était là?

– Il manquait seulement Diane. Elle était malade et elle était restée avec Mom. C'était le week-end du Labor Day [1]. On a d'abord passé une journée à Palm Spring, et ensuite, on est venus ici.

– Quel genre de relation avez-vous avec Colin?

– Assez bonne je crois. Mais, à l'époque, je ne voyais pas pourquoi toute la vie de la famille devait tourner autour de lui. D'accord, il avait un handicap et c'était vraiment regrettable, mais je ne voulais pas que ma vie personnelle soit gouvernée par son infirmité. Vous comprenez ce que je veux dire? Par moments, j'avais presque envie d'être atteint d'un mal incurable simplement pour rivaliser avec lui. Mais, bon, j'étais comme ça quand j'avais dix-sept ans. Aujourd'hui, je suis un peu plus souple, un peu plus compréhensif. Mais quand j'étais plus jeune, j'étais intraitable là-dessus. Nous n'avons jamais été de grands copains, Dad et moi, mais j'avais besoin qu'il m'accorde du temps, à moi aussi. J'aurais voulu lui parler de moi à cœur ouvert, et qu'il m'écoute vraiment. Au lieu de ça, toujours du blabla, rien que des banalités. Et voilà! Six semaines plus tard, il était mort.

Il hoche la tête et me regarde avec un petit sourire étrange.

– Avec tout ça, Shakespeare aurait pu faire une tragédie, ajoute-t-il. Et, moi, j'aurais pu écrire la grande tirade du milieu.

Je regarde ma montre. Il est 15 h 15. Le soleil cogne, et Greg se lève pour baisser les rideaux du camping-car. Ses cheveux bruns sont encore mouillés de la douche qu'il vient de prendre. Il décapsule deux autres bières et m'en tend une.

– Je vais essayer d'arriver à Claremont avant la nuit, lui dis-je. Avez-vous un message pour votre sœur?

– Oh, elle sait où je suis, répond Greg. On se passe un coup de fil de temps en temps pour ne pas se perdre de vue.

Il se rassied dans le pliant de toile et pose les pieds sur la banquette, à côté de moi.

1. La fête du Travail, qui a lieu le premier lundi de septembre.

– Encore quelque chose à me demander?

– Ma foi, oui...

– O.K. Feu à volonté.

– Est-ce que vous avez des souvenirs concernant les allergies de votre père?

– Les poils de chien... de chat... Quelquefois, il avait le rhume des foins. Mais, honnêtement, je ne sais pas bien en quoi ça consistait.

– Il n'était pas allergique à des produits alimentaires, par exemple? Aux œufs, à la farine?

– Pas que je sache dit Greg en hochant la tête. Non, seulement aux trucs qui se baladent dans l'air. Le pollen, ce genre de chose.

– Et ses médicaments? Est-ce qu'il les avait apportés quand vous êtes venus ici pour le long week-end de Labor Day?

– Ça, je ne me rappelle pas, dit le jeune homme. Je dirais que non, sans en être complètement sûr. Il savait qu'on allait rester en plein désert. L'air y est généralement sain, même en fin d'été début d'automne. On n'avait pas emmené le chien. On l'avait laissé à la maison. Je pense que Dad n'avait pas dû les prendre parce qu'il n'en aurait pas besoin.

– Mais, dis-je, je croyais que le chien était mort. Si je me souviens bien, Nikki m'a dit qu'il avait été renversé par une voiture.

– C'est vrai, confirme Greg. Justement, c'est arrivé pendant qu'on était ici.

Ce détail me fait sursauter. Là, il y a quelque chose qui cloche.

– Mais comment l'avez-vous su?

– En rentrant à la maison, dit Greg, apparemment sans y attacher grande importance. Mom avait emmené Diane là-bas pour prendre quelque chose qu'elle avait oublié. Je crois que c'était le dimanche matin, et qu'on n'est rentrés que le lundi dans la nuit. Enfin, c'est comme ça qu'elles ont retrouvé Bruno sur le bord de la route. En assez mauvais état, je crois. Mom, je me rappelle, n'a même pas voulu que Diane approche pour le voir de près. Elle a appelé la fourrière, qui est venue pour l'emporter, mais il y avait déjà un bon moment qu'il était mort. On a tous été très secoués. C'était une bête formidable.

– Bon chien de garde?

– Excellent, dit Greg Fife.

– Et Mrs. Voss, la femme de ménage, vous vous souvenez d'elle?

– Un peu, oui. C'était une brave femme. Elle avait l'air de s'entendre avec tout le monde. Je voudrais bien vous en dire plus à son sujet mais, malheureusement, c'est à peu près tout ce que je me rappelle.

Je termine ma bière et je me lève pour lui serrer la main.

– Merci, Greg, dis-je. Il se pourrait que j'aie besoin de venir de nouveau vous déranger dans votre retraite. Si vous êtes d'accord, bien évidemment.

Il me gratifie d'un baise-main en se donnant l'air de jouer les clowns, mais j'ai l'impression que ça cache autre chose.

– Dieu vous garde, murmure-t-il avec beaucoup de douceur.

Ça me fait sourire, et j'en éprouve un plaisir inattendu.

– Vous avez vu *Young Bess*, avec Jean Simmons et Stewart Granger? C'est exactement ce qu'il lui dit. Et elle va mourir. Ou lui, peut-être. Je ne me rappelle plus très bien. Pourtant, Dieu sait si ce film m'a fait de l'effet. Il repasse de temps en temps à la télé; je vous le conseille. Ça me mettait le cœur en lambeaux, quand j'étais gamine.

– Vous avez à peine cinq ou six ans de plus que moi, observe-t-il.

– Sept ans.

– C'est du pareil au même.

– Au revoir, Greg, si j'obtiens des résultats, je vous tiendrai au courant.

– Bonne chance!

En m'éloignant, au volant de ma voiture, je regarde dans mon rétro. Greg est debout devant sa porte et, pendant un instant, sa silhouette, copie conforme de celle de son père, me donne l'impression que je vois le fantôme de Laurence Fife.

# CHAPITRE XV

Il est 6 heures du soir quand j'atteins Claremont après avoir traversé Ontario, Montclair et Pomona, des agglomérations qu'on ne peut pas vraiment appeler des villes. C'est un phénomène particulier à la Californie, cette accumulation de centres commerciaux et de mobil-homes, sur des kilomètres carrés, qui finissent par se voir accorder un numéro de code postal et par devenir une entité sur les cartes. Mais Claremont est une exception. Avec ses ormes et ses clôtures de bois, on dirait une petite ville proprette arrachée au Middle West et transplantée là. Pour la Fête nationale du 4 juillet, il y a une parade avec des orchestres de pipeaux, des défilés d'enfants sur des vélos décorés de bandes de papier crépon, et les pères de famille se parodient eux-mêmes en se promenant en bermuda, chaussettes noires, et chaussures de ville, poussant devant eux leur tondeuse à gazon dans un ordre militaire. Si l'on fait abstraction du brouillard dû à la pollution, Claremont peut même être considéré, comme un endroit pittoresque, avec la masse sauvage du Mount Baldy en toile de fond.

Je m'arrête à une station service, pour faire le plein, contrôler le niveau d'huile et appeler Diane au numéro que Gwen m'a donné. Elle n'est pas là, mais la fille qui partage l'appartement avec elle me dit qu'elle a prévu de rentrer pour 20 heures.

Je vais donc m'inviter chez des amis, Gideon et Nell, des

gens très relax qui semblent toujours heureux de me voir débarquer à l'improviste, quelle que soit la saison. Après le dîner, je rappelle chez Diane, et nous convenons de nous voir le lendemain pour déjeuner ensemble. Puis je m'endors sur le canapé-lit qu'on a déplié pour moi, avec le chat pelotonné contre ma poitrine et la nostalgie d'une vie tranquille et paresseuse.

Diane m'a fixé rendez-vous dans un de ces restaurants où l'on ne sert pratiquement rien d'autre que des sandwiches au pain complet avec des pousses ou des germes de je-ne-sais-quoi qui n'ont aucun goût. Le décor est toujours le même dans ce genre d'endroit : bois naturel verni, macramé, vitres teintées et serveurs qui ne fument jamais de cigarettes mais seraient, je pense, prêts à essayer tout ce que vous auriez à leur proposer à la place. Le nôtre est un gringalet avec un début de calvitie. Il a une petite moustache noire qu'il ne cesse de tripoter en prenant nos commandes avec une dévotion que, selon moi, aucun sandwich ne mérite. Prudente, j'en choisis un à l'avocat et au bacon. Diane, elle, jette son dévolu sur un « délice végétarien » servi dans une galette de pain.

— Greg m'a raconté qu'il vous avait reçue comme un chien dans un jeu de quilles, attaque-t-elle en riant.

Comme la sauce dégouline de son sandwich, elle la récupère d'un habile coup de langue.

— Mais il est devenu ensuite fort courtois, dis-je. Comment savez-vous ça ? Vous l'avez eu au téléphone hier soir ?

— Ouais, confirme Diane en mordant à belles dents dans son sandwich.

Je l'observe tandis qu'elle se lèche les doigts et s'essuie le menton. Elle est mignonne, comme Greg, mais elle est un peu plus forte, et son jean délavé contient à grand-peine ses hanches avantageuses. Son visage est étonnamment constellé de taches de rousseur. Ses cheveux bruns, séparés par une raie au milieu, sont ramenés sur le dessus de sa tête et maintenus par une bande de cuir percée d'une broche de bois.

Je lui demande si elle sait que Nikki est en liberté conditionnelle.

— Oui, Mom me l'a dit. Est-ce que Colin est revenu?

— Nikki allait justement le chercher la dernière fois que je
l'ai vue.

Je déploie des prodiges d'adresse pour éviter que mon
sandwich ne se désagrège, car le pain biologique se craquelle
à chaque bouchée.

Mais ça ne m'empêche pas de voir la lueur briller dans les
yeux de Diane. C'est Colin qui l'intéresse, pas Nikki.

— Vous avez fait connaissance avec ma mère? demande-
t-elle.

— Oui. Elle est très sympathique.

Un bref sourire plein de fierté éclaire le visage de Diane.

— Dad était vraiment un pauvre type de l'avoir plaquée
pour Nikki. Enfin, je veux dire, je n'ai rien contre Nikki
mais... elle est quand même un peu froide, vous ne trouvez
pas?

Je réponds de la façon la plus neutre possible pour ne pas
me mouiller. Aucune importance de toute manière, Diane
n'écoute pas.

— Votre mère m'a dit que vous aviez entrepris une thérapie juste après la disparition de votre père.

Diane lève les yeux au ciel et trempe les lèvres dans son
thé à la menthe.

— J'ai passé la moitié de ma vie en thérapie, dit-elle. Pourtant, ça ne tourne toujours pas rond. C'est vraiment la plaie.
Mon psy dit que je devrais peut-être entreprendre une ana-
lyse, mais c'est complètement dépassé. Il dit qu'il faudrait
que j'explore le côté sombre de ma personnalité. Toutes ces
vieilles barbes n'ont que ces conneries freudiennes à la
bouche. En fait, vous savez ce qu'ils aiment? Vous allonger
sur le divan, vous faire raconter vos rêves et vos fantasmes
les plus tordus pour se branler mentalement en vous écoutant. J'avais aussi essayé la thérapie reichienne avant ça,
mais j'en ai vite eu marre de haleter et de souffler en tapant
sur des oreillers. Ça me paraissait complètement débile.

Je mords dans mon sandwich avec un signe d'approbation,

comme si je comprenais bien son problème. Mais, après avoir avalé, je lui confie que je n'ai jamais suivi aucune forme de thérapie.

— Même pas une thérapie de groupe? s'étonne Diane.

— Même pas, dois-je admettre.

— Mince, qu'est-ce que vous devez être névrosée! murmure-t-elle avec une évidente admiration.

— En tout cas, je ne me ronge pas les ongles et je ne fais pas pipi au lit.

Tout en terminant son sandwich, Diane me fait une théorie sur la nature probable de ma névrose. Je la laisse causer puis je la regarde s'essuyer minutieusement la bouche et les doigts. Après avoir terminé, elle plie soigneusement sa serviette en papier.

— Greg m'a raconté que vous aviez raté le week-end à Salton Sea, dis-je.

— Ah oui, avant la mort de Dad! Ça, pour le rater, je l'ai raté. J'avais une mauvaise grippe. Alors je suis restée avec Mom. Elle s'est super-bien occupée de moi. Elle m'a gavée de théralène. Je crois que je n'ai jamais autant dormi de ma vie.

— Et comment le chien est-il sorti?

— Hein? s'exclame-t-elle en posant les mains sur ses genoux.

— Bruno, dis-je. Greg m'a raconté qu'il s'était fait renverser par une voiture. Est-ce que la gourvernante restait chez vous en votre absence? Je me demande simplement qui a pu laisser le chien sortir.

Diane me dévisage fixement, puis détourne le regard.

— Je crois que Mrs. Voss était en congé, elle aussi.

Puis son regard dévie pour regarder l'heure à la pendule derrière moi.

— J'ai un cours, dit-elle sans pouvoir s'empêcher de rougir.

— Il y a quelque chose qui vous dérange, Diane?

— Pas du tout, fait-elle d'un air décontracté tout en ramassant son sac et ses livres.

Elle me paraît soulagée d'avoir une excuse pour partir.

— Oh, à propos, j'allais oublier, enchaîne-t-elle en me tendant un sac de papier. J'ai quelque chose pour Colin. Si par hasard vous le voyiez... C'est un album que j'ai rempli pour lui. Toutes ces photos traînaient dans une boîte.

— Je le lui donnerai, dis-je. Est-ce que je peux vous déposer quelque part?

— Merci, j'ai ma voiture.

Mais soudain je remarque qu'elle n'a plus l'air aussi pressée et je lui demande ce qui se passe.

Elle se laisse brusquement retomber sur son siège, les yeux dans le vide, regardant droit devant elle.

— C'est moi qui ai fait sortir le chien, dit-elle d'une voix à peine audible. Le jour où ils sont partis. Nikki m'avait dit de l'envoyer courir un peu dehors en attendant que ma mère arrive. J'étais mal fichue, je me suis allongée sur le divan du living et, quand j'ai entendu son coup de klaxon, j'ai pris mes affaires et je suis sortie la rejoindre. Je n'ai plus pensé au chien. C'est seulement deux jours plus tard que je m'en suis souvenue. Et c'est pour ça qu'on est repassées à la maison, Mom et moi. Pour lui donner à manger et le faire rentrer.

Enfin, son regard se décide à rencontrer le mien. Elle me semble au bord des larmes.

— Pauvre gros toutou..., murmure-t-elle. C'était ma faute. Il s'est fait écraser parce que je l'avais oublié.

Elle a l'air totalement dominée par son sentiment de culpabilité. Elle appuie une main tremblante contre sa bouche et agite ses paupières.

— Vous ne pouvez pas imaginer ce que ça me culpabilise, reprend-elle. Mais je n'en ai jamais parlé à qui que ce soit, sauf à Mom. D'ailleurs, personne n'a posé de question. Ils étaient tellement malheureux de savoir qu'il était mort que ça ne leur est pas venu à l'idée. Je n'ai pas pu leur avouer la vérité. Nikki ne me l'aurait jamais pardonné.

— Allons, Nikki ne vous en aurait pas voulu pour la mort d'un chien? Et puis, ça fait des années. Qu'est-ce que ça peut faire maintenant?

Diane me lance un regard douloureux, et je dois me pencher par-dessus la table pour entendre le son de sa voix :

— C'est pendant que le chien était dehors que quelqu'un

est entré pour substituer le poison au médicament. C'est à cause de ça que Dad est mort!

Elle fouille son sac et en tire un Kleenex. Ses sanglots ressemblent à une suite de hoquets saccadés, incontrôlables, qui lui font tressauter les épaules.

Un couple qui déjeune à une table voisine se tourne pour la regarder d'un air intrigué.

— Pourquoi... pourquoi est-ce à moi que c'est arrivé? murmure-t-elle, la voix éraillée par la douleur.

— Allons-nous-en, dis-je en prenant ses affaires.

Après avoir laissé sur la table le montant approximatif de notre addition, je prends Diane par le bras et je l'entraîne à l'extérieur.

Le temps de regagner le parking de l'établissement, Diane a pratiquement retrouvé son self-control.

— Désolée, s'excuse-t-elle. Je ne me laisse jamais aller comme ça d'habitude. Je... je ne sais pas ce qui m'a pris.

— Ne vous en faites pas, dis-je. Je ne pensais vraiment pas que mes questions déclencheraient une réaction pareille de votre part. C'était juste une chose qui me trottait dans la tête parce que Greg m'en avait parlé. Vous n'avez rien, mais rien du tout à vous reprocher. Si quelqu'un avait réellement la ferme intention de tuer votre père, il aurait de toute manière neutralisé le chien par un moyen ou par un autre. Comment voulez-vous entrer dans une maison et monter à l'étage avec un berger allemand qui monte la garde? Supprimer le chien et maquiller ça en accident était, à la limite, une solution assez astucieuse. Encore une fois, je suis vraiment désolée d'avoir fait ressurgir tout ça.

— Non, non, ce n'est rien assure Diane. Ce n'est pas votre faute, c'est la mienne. Il va falloir que j'aille raconter tout ça à mon thérapeute, maintenant. Ah, il va se régaler! Et tout le monde va être au courant! Comme si j'avais besoin de ça...

— Mais non, voyons. Rien ne prouve que je serai obligée d'en parler. J'éviterai de le faire dans toute la mesure du possible. Et, je vous le répète, à partir du moment où quelqu'un avait décidé de tuer votre père, tous les moyens étaient bons. Ça me semble indiscutable, et vous n'y êtes pour rien.

— Oui... Vous avez peut-être raison... Merci de me dire ça, ça me fait du bien. Je me sens déjà moins culpabilisée. Je n'avais pas idée que je portais encore en moi tout le poids de cette histoire. Maintenant, je m'en rends compte.

— Vous êtes sûre que ça va aller ?

Diane me fait signe que oui en m'adressant un petit sourire.

Nous passons encore quelques minutes à nous dire au revoir, puis Diane s'éloigne vers sa voiture. Je la regarde partir, puis je mets l'album de photos à l'arrière de ma Volkswagen et je démarre à mon tour. En fait, bien que j'aie du mal à l'admettre, c'est probablement elle qui a raison. Si le chien s'était trouvé à l'intérieur de la maison, personne n'aurait pu introduire les médicaments empoisonnés dans la provision de Laurence Fife. Mais, dans le cas de Libby Glass, par contre, c'est autre chose. L'histoire du chien ne change rien en ce qui la concerne. Malgé tout, j'ai l'impression que le puzzle commence à se mettre en place. Ce n'est peut-être pas très important mais, pour autant que l'assassin de Fife ait bien effectué la substitution de cette façon-là, ça me permet de savoir la date approximative de son effraction. Petit progrès, mais progrès tout de même, et qui me redonne du tonus.

Après avoir rejoint le San Bernadino Freeway, je me lance en direction de Los Angeles.

# CHAPITRE XVI

— Dis donc, observe Arlette, ton Charlie Scorsoni ne t'a pas laissée tomber, c'est le moins qu'on puisse dire. Il a appelé trois fois. Une fois de Denver, une fois de Tucson et une fois de Santa Teresa, hier soir. Charmant.

Elle me tend un papier, ajoutant :

— Tiens, un autre message.

— Merci, dis-je. Je vais dans ma chambre.

— Très bien. Si tu veux répondre à ces coups de fil, pas de problème. Tu m'appelles ici, et je te passe la ligne. Ah oui, au fait, j'ai aussi donné ton numéro de Las Vegas à deux personnes qui ne voulaient pas laisser de message. C'est bien ce que tu m'avais dit de faire, hein ?

Hélas, oui. Si j'avais su. Je tique mais ne le montre pas.

— Tu as très bien fait, dis-je. Tu ne sais pas du tout qui ça pouvait être ? Voix d'homme ? Voix de femme ?

— Une de chaque. Un homme, une femme, dabadabada, fait Arlette, toujours subtile.

A peine arrivée dans ma chambre, j'envoie mes chaussures valser et j'appelle le bureau de Charlie Scorsoni. Je tombe sur Ruth.

— Il devait rentrer hier soir, m'apprend-elle. Mais il n'avait pas prévu de venir au cabinet aujourd'hui. Essayez d'appeler chez lui.

— D'accord. Si je n'arrive pas à le joindre, pourrez-vous lui

131

dire que je suis de retour à Los Angeles ? Il sait où m'appeler
ici.

— Ce sera fait, assure Ruth.

L'autre message se trouve être une bonne nouvelle. Garry
Steinberg, le comptable de chez Haycraft & McNiece est
rentré de New York et me propose un rendez-vous pour vendredi après-midi, c'est-à-dire aujourd'hui. Je confirme que je
serai chez lui dans une heure. J'appelle ensuite Mrs. Glass et
je lui dis que je passerai la voir après le dîner. Il ne me reste
plus qu'un coup de fil à passer. Le plus difficile. Je reste un
petit moment assise au bord du lit à contempler l'appareil, et
puis je me jette à l'eau et je compose le numéro de mon ami
à Las Vegas.

— Bon Dieu, Kinsey, siffle-t-il entre ses dents. Qu'est-ce
qui te prend de me faire un coup pareil ? Tu me demandes
des renseignements sur Sharon Napier, je te les fournis et, le
lendemain, on la retrouve morte chez elle.

Je lui fais un topo succinct de la situation, ce qui n'a pas
l'air de beaucoup apaiser ses angoisses. Ni les miennes, d'ailleurs.

— Mais tout est possible, dis-je. Rien ne prouve que c'est à
cause de moi qu'elle a été descendue.

— N'empêche. J'ai intérêt à me faire tout petit. J'ai couru
toute la ville à demander des renseignements sur cette dame,
et on la retrouve avec une balle dans le cou. Imagine que
quelqu'un fasse le rapprochement. Tu vois le tableau ?

Je vois très bien. Je m'excuse donc platement et abondam-
ment en lui demandant de m'appeler pour le cas où il aurait
du nouveau. Mais, en raccrochant, quelque chose me dit que
je ne suis pas près d'avoir de ses nouvelles.

Ensuite, je me change. Je mets une jupe droite, stricte et
noire sur un chemisier blanc en soie, des bas et des escarpins,
et je me rends à l'Avco Embassy building, où je prends
l'ascenseur jusqu'au dixième étage, celui du cabinet Haycraft & McNiece.

Garry Steinberg se révèle être un homme charmant. La
petite trentaine, des cheveux bruns bouclés, des yeux noirs et
de belles dents séparées par un espace.

— Eh bien, que voulez-vous savoir au sujet de Libby Glass? s'enquiert-il.

Je lui explique rapidement ce que je fais et comment je me suis retrouvée à enquêter sur la mort de Libby. Il m'écoute avec une patience d'ange en posant même une question ici et là. Quand j'ai terminé, il commente :

— Très bien. Quels secrets dois-je vous révéler?

— Depuis combien de temps gérait-elle les affaires de Laurence Fife?

— Justement, je l'ai vérifié en prévision de votre venue. Je n'aurai pas travaillé pour rien. Nous gérions ses affaires personnelles depuis environ un an et celle du cabinet juridique Fife & Scorsoni depuis tout juste six mois. Un tout petit peu moins que ça, même. Libby s'occupait de mettre les dossiers en ordre et de préparer les données nécessaires pour notre système informatique. C'était une très bonne comptable, si vous voulez tout savoir. Compétente, consciencieuse et intelligente.

— Vous étiez très liés?

— Je l'aimais beaucoup, dit Steinberg. Attention, pas de conclusion sauvage : nous étions comme frère et sœur. Nous ne sortions pas le soir, mais nous avions pris l'habitude de déjeuner ensemble une fois par semaine, environ. Il nous arrivait aussi d'aller prendre un verre après le travail.

— Elle était responsable de combien de dossiers-clients?

— Au total, je dirais vingt-cinq ou trente. C'était une fille très ambitieuse. On peut dire qu'elle se défonçait au boulot; quand on voit ce que ça lui a rapporté...

— Qu'est-ce que vous voulez dire par là?

Garry Steinberg se lève et va fermer la porte de son bureau en tendant un doigt vers le mur pour m'indiquer qu'il a des oreilles.

— Eh bien, en fait, Haycraft était le parfait prototype du sale vieux macho rétrograde. Libby pensait qu'en travaillant dur, elle finirait par obtenir de l'avancement et une augmentation, mais elle n'en a jamais vu la couleur. Les nouveaux patrons ne valent pas mieux, d'ailleurs. Vous savez comment je fais pour avoir une augmentation? Il faut que je les menace d'aller travailler ailleurs. Libby, elle, n'aurait jamais osé faire cela.

– Combien gagnait-elle?

– Ah ça..., fait Steinberg, je n'en ai aucune idée. Je peux le savoir en cherchant un peu. En tout cas, ce qui est sûr, c'est qu'elle estimait n'être pas bien payée. Le cabinet Fife & Scorsoni était un gros client. Pas le plus gros, sans doute, mais quand même très important. Elle jugeait qu'elle n'était vraiment pas rémunérée à sa juste valeur.

– La charge du dossier Fife & Scorsoni représentait beaucoup de travail supplémentaire, j'imagine.

– Au début seulement, précise Garry Steinberg. Ensuite, ça s'est tassé. Le plus gros travail a été de retrouver la trace de toutes les opérations immobilières. D'après ce qu'elle me disait, ça représentait une grosse part de leur chiffre d'affaires. Celui qui est mort, Fife, s'occupait surtout des cas de divorce. Ça rapportait beaucoup en honoraires, mais ça n'était pas très compliqué à entrer en comptabilité. Nous nous occupions aussi du règlement de leurs factures, des bénéfices enregistrés par leur cabinet, nous leur donnions des conseils pour leurs placements. En fait, nous ne faisions pas encore beaucoup de conseil en placement avec eux, car ils n'étaient pas nos clients depuis assez longtemps mais, à terme, ça faisait aussi partie de nos objectifs. Enfin, je ne vois pas l'intérêt de vous abreuver de détails là-dessus. Il vaudrait sans doute mieux que j'essaie de répondre aux questions d'ordre général que vous avez à me poser.

J'approuve et je continue mon interrogatoire :

– Les biens immobiliers de Laurence Fife ont été vendus pour la plupart. Savez-vous ce qu'est devenu l'argent?

– Tout à fait. Il a été réparti en parts égales entre les enfants. Je n'ai pas vu le testament, mais je me rappelle avoir participé à la liquidation après son homologation.

– Dites-moi, vous gérez toujours les affaires de Scorsoni?

– Non. Je l'ai rencontré une ou deux fois après la mort de Fife, c'est tout. Il me fait l'effet d'un brave homme.

– Je pourrais jeter un coup d'œil sur les vieux livres de comptes?

– Impossible. Secret professionnel. Je pourrais à la rigueur le faire moyennant une autorisation écrite de M. Scorsoni. De toute manière, ça ne vous apprendrait rien, à moins d'avoir vous-même des notions de comptabilité.

J'approuve d'un mouvement de tête.

– A propos, reprend Steinberg, vous voulez peut-être un café. Excusez-moi, j'aurais pu vous le proposer plus tôt.

– Merci, dis-je, ça va bien. En ce qui concerne l'aspect plus... personnel de la vie de Libby, à votre avis, vous paraît-il possible qu'elle ait eu une liaison avec Laurence Fife ?

Steinberg se met à rire.

– Alors là, vous m'en demandez un peu beaucoup. Je sais qu'elle fréquentait un drôle de zèbre depuis le collège et qu'elle avait récemment rompu avec lui. Sur mon conseil, pourrais-je ajouter.

– Comment se fait-il ?

– Il était venu se présenter ici pour un travail. C'est moi qui étais chargé de choisir les candidats. Il s'agissait d'un simple poste de coursier mais, même pour ce travail facile, il ne m'avait pas semblé présenter les qualités requises. Il s'est montré très agressif et, si vous voulez mon avis, il se droguait.

– Vous avez toujours son dossier de candidature ?

Garry me regarde d'un air suspicieux.

– Bien entendu, nous n'avons jamais parlé de tout ça, n'est-ce pas ?

– Cela va de soi.

– Je vais voir ce que je peux trouver, me promet-il alors. Les documents ne sont pas ici, mais dans nos archives. Nous stockons tous les vieux papiers dans des entrepôts. Les comptables sont vraiment des amoureux de la paperasse. Nous mettons toujours tout par écrit et nous ne jetons jamais rien...

– Merci, Garry, dis-je. Vous ne pouvez pas savoir à quel point je vous suis reconnaissante de vous donner ce mal-là pour moi.

Il sourit, l'air heureux.

– Tant qu'à aller mettre mon nez dans les papiers pleins de poussière, j'en profiterai pour jeter un coup d'œil sur les vieux dossiers Fife, ajoute-t-il. Pour répondre à votre question en ce qui concerne Libby, je dirais plutôt : non, je ne pense pas qu'elle avait une liaison avec Laurence Fife.

Il jette un coup d'œil à sa montre.

– Oh, fait-il, j'ai une réunion.

Il est 15 h 30 quand je regagne ma chambre à l'*Hacienda*. Je place un coussin sur la chaise de plastique, j'installe ma machine à écrire sur la table branlante et je passe environ une heure à taper mes fiches. Il y a longtemps que je ne l'ai pas fait et il faut que je rattrape mon retard. Ensuite, je mets un survêtement, des espadrilles et je vais faire un peu de jogging au milieu des gaz d'échappement. Dîner rapide dans un *McDonald* et, à 18 h 45, je vais faire le plein d'essence avant de prendre la direction de Sherman Oaks.

## CHAPITRE XVII

J'ai à peine effleuré la sonnette, que la porte de Mrs. Glass s'ouvre. Aujourd'hui, le séjour a été débarrassé et ressemble davantage à un salon qu'à un atelier de couture. Son ouvrage se résume à une pile de tissus soigneusement pliés sur l'accoudoir du canapé. Pas de Raymond en vue.

– Il a passé une mauvaise journée, m'explique Grace. Lyle a fait le crochet par ici en rentrant du travail et il l'a mis au lit.

Même la télévision est arrêtée. Je me demande ce que Grace peut bien faire de ses soirées.

– Les affaires d'Elizabeth sont à la cave, me dit-elle. Je vais chercher la clef du débarras.

Elle s'éclipse, revient rapidement et me pilote vers le couloir, puis nous descendons à la cave.

La porte est verrouillée. Après l'avoir ouverte, Grace allume la lumière : je sens déjà l'odeur des vieux rideaux et des pots de peinture à moitié vides. Nous entamons la descente par le vieil escalier de bois. Je suis Grace à deux marches de distance. Un peu plus bas, il y a un palier et l'escalier bifurque brusquement sur la droite. Arrivée au palier, je vois au-dessous de moi une portion de sol bétonné et des placards en bois blanc qui montent jusqu'au plafond bas. Il y a quelque chose de bizarre dans l'air, mais je ne parviens pas à définir quoi. Et, brusquement, l'ampoule de la lampe explose, nous constellant de petits éclats de verre. Grace pousse un hurlement aigu. Je l'attrape par le bras et l'entraîne dans une retraite précipitée vers le haut des marches. Comme il fait complètement noir dans le sous-sol, je perds l'équilibre, je tombe, et elle me dégringole dessus. Il doit y avoir une autre sortie, car j'entends des grincements, une porte qui claque et un bruit de pas qui remontent l'escalier extérieur à toute vitesse. J'arrive à me débarrasser de Grace, je la pousse jusqu'au palier et puis je me précipite dans le couloir vers la sortie pour faire le tour de l'immeuble. Pas de chance, dehors quelqu'un a laissé traîner une tondeuse dans le passage. Je ne la vois pas dans le noir, je la heurte et je me retrouve à quatre pattes après un joli vol plané. Un juron m'échappe, je me relève et je cours jusqu'à l'arrière du bâtiment. Mon cœur cogne à tout rompre. Il fait nuit noire, et mes yeux commencent tout juste à s'adapter à l'obscurité. Un véhicule démarre à l'autre bout du pâté de maisons. Je l'entends décoller sur les chapeaux de roue puis passer une vitesse. Je tends l'oreille, adossée au mur de l'immeuble, et le bruit du moteur disparaît dans la nuit. J'ai la bouche sèche, mon corps est trempé de sueur, et j'ai mal aux mains à l'endroit où les graviers ont entamé ma peau. Je m'élance en petites foulées vers ma voiture pour récupérer ma torche électrique et mon pistolet automatique. Je n'ai pas l'impression que j'aurai à m'en servir, mais, cette fois, je décide de prendre mes précautions. Je commence à en avoir assez de me faire avoir par surprise.

Grace est assise sur le pas de sa porte, la tête baissée, pratiquement entre les genoux. Elle tremble des pieds à la tête en pleurant doucement. Je l'aide à se relever et j'ouvre la porte de son appartement.

– C'était Lyle, n'est-ce pas? dis-je sur un ton brusque que je n'arrive pas à contrôler. Il savait que je devais venir jeter un coup d'œil dans les affaires d'Elizabeth.

Elle me lance un regard meurtri, implorant.

– Non, gémit-elle. Ce n'est pas lui. Il ne peut pas m'avoir fait ça!

– Votre confiance est touchante, mais qui voulez-vous que ce soit? Allez vous asseoir chez vous. Je vais voir ce qui s'est passé et je reviens.

Bien évidemment, un seul débarras a été fracturé : celui des Glass. Les caisses marquées « Elizabeth » ont été renversées. Le sol est couvert de papiers, livres, vêtements, jouets. Soudain, un bruit. Je pivote sur place. Trop tard pour empoigner mon automatique dans la poche à fermeture Eclair de mon coupe-vent. Je brandis ma torche pour frapper.

Un homme me regarde, visiblement estomaqué.

– Qu'est-ce qui se passe ici? Un problème?

– Hein? Quoi? Qui êtes-vous?

Il a une cinquantaine bien portante, les mains dans les poches, l'air perplexe. Rien à craindre de celui-là, ça tombe sous le sens. Il se présente :

– Frank Isenberg. J'ai entendu du bruit, je suis venu voir. Vous voulez que j'appelle la police?

Je dois faire preuve de beaucoup de conviction pour le dissuader d'appeler les flics. J'explique que cette cave est la seule à avoir été fracturée, qu'il ne manque rien, malgré le désordre. Sans doute une bande de gosses un peu excités. Il remonte chez lui sans poser d'autres questions.

Pour du désordre, c'est du désordre. Une chatte n'y retrouverait pas ses petits. Comment savoir si Lyle – en admettant que ce soit lui – a pu emporter ce qu'il venait chercher? Mais, pour moi, voilà une raison de plus de faire l'inventaire de tous ces objets. Des indices s'y cachent peut-être. Pourquoi a-t-il attendu le soir où je devais venir pour fracturer la cave? Peut-être parce qu'il a été pris de court. Grace lui a sûrement appris mon retour tout à l'heure, quand il est passé coucher Raymond.

Grace vient me rejoindre à la cave, encore tout émue. Je lui demande si elle accepte que j'emporte ce fatras à mon motel. Impossible de trier tout ça sur place. Les petites choses qu'on accumule au cours d'une vie finissent par former un grand tas d'ordures. Grace est d'accord. Elle me donne même un coup de main pour transporter les boîtes dans ma voiture.

— Je viens vous rapporter ça demain matin à la première heure, dis-je en la quittant.

Je sais que la nuit va être longue.

J'ai tout passé en revue. Il est 4 heures du matin, et j'ai plusieurs litres de café dans le corps. Rien. S'il y avait une pièce à conviction là-dedans, elle a bel et bien disparu. Je me donnerais des claques. C'est la deuxième fois depuis le début de cette enquête que je rate un renseignement capital parce que j'arrive après la bataille.

Je commence à remballer dans les boîtes en triant les articles : vêtements, cahiers, livres d'école, de lecture, etc. Machinalement, je fais une seconde vérification et, soudain, je découvre, soigneusement pliée entre les pages d'un gros livre, une lettre qui avait échappé à ma première investigation. Pour un peu, j'allais la fourrer dans la caisse avec les bouquins. Pas d'enveloppe, donc pas de cachet de la poste. Je prends la feuille de papier et je la déplie. C'est rédigé recto verso, à l'encre bleu-noir, dans une petite écriture cursive serrée et légèrement hachée. Je sens mon cœur se mettre à palpiter dès que je lis les premiers mots.

*Elizabeth chérie,*

*Je t'écris cette lettre pour que tu la trouves à ton retour. Je sais que ces séparations sont difficiles pour toi et je voudrais faire quelque chose pour te les rendre plus supportables. Tu es tellement plus honnête que moi, tellement plus ouverte que je n'ose l'être! mais je t'aime, je t'aime vraiment et je ne veux pas que tu en doutes un instant. Tu as raison quand tu dis que je suis conservateur. Je plaide coupable Votre Honneur. Mais ce n'est pas pour cela que je ne souffre pas. On m'accuse souvent d'être égoïste. Peut-être... Pourtant, je ne suis pas aussi indifférent à autrui que tu pourrais le penser. J'aimerais prendre tout le temps nécessaire pour réfléchir à nous, pouvoir être sûr de ce que nous voulons tous les deux. Ce qui existe à présent entre nous compte beaucoup pour moi et, je te supplie de me croire, il est même possible que je change un jour ma vie pour toi s'il le faut. Mais, pour cela, je voudrais être certain que nous serons capables de surmonter les absurdités quotidiennes de la vie commune. Actuellement, la force de notre relation nous grise. Il peut sembler tellement simple de tout plaquer et refaire notre vie. Mais que connaissons-nous l'un de l'autre? Notre bonheur est si neuf. Je ne peux pas me permettre de tout risquer – foyer, enfants, carrière – dans le feu de l'instant. Et, pourtant, Dieu m'est témoin que, souvent, la tentation est grande! Je t'en prie, n'allons pas trop vite, ne forçons pas les choses. Je t'aime, beaucoup plus que je ne saurais le dire. Et je ne veux pas te perdre, ce qui, en soi, est effectivement une belle preuve d'égoïsme. Bien sûr, je ne peux pas te donner tort de me pousser à aller vite mais, je t'en prie encore une fois, ne perdons pas de vue les enjeux, pour moi comme pour toi. Essaie de comprendre ma prudence et pardonne-la si tu le peux.*

*Je t'aime.*

**Laurence**

Il faut que je la relise pour être sûre que je ne suis pas victime d'une hallucination. Brutalement, la réalité me saute aux yeux. Ce n'est pas simplement que je ne croyais pas à une liaison entre Libby Glass et Laurence Fife, c'est que je *refusais* d'y croire. Maintenant, la preuve est là. Et, pourtant, je ne sais pas pourquoi, je n'arrive toujours pas à m'y faire.

# CHAPITRE XVIII

Je n'ai pas dormi de la nuit. Les yeux ouverts, dans ma chambre obscure, je n'ai cessé de ruminer mes pensées. Au matin, je passe chez Grace et je lui restitue ses reliques sans lui dire, bien sûr, que j'ai trouvé et gardé par-devers moi une lettre adressée à sa fille dont l'auteur est, selon toute vraisemblance, Laurence Fife. Nous bavardons un petit moment, et elle m'assure encore une fois être persuadée que l'effraction d'hier n'a pas pu être commise par Lyle Abernathy. Je redescends examiner les lieux à la faveur du jour, sans succès. Aucune trace révélatrice permettant de me faire une idée sur l'identité du cambrioleur. Bredouille, je reprends le volant en direction de Santa Teresa, avec une halte à Thousand Oaks, où j'avale un solide breakfast. Il est 10 heures du matin quand j'arrive chez moi. Je m'enroule dans une couverture, me laisse tomber sur le divan et m'endors instantanément.

A 4 heures de l'après-midi, un peu reposée, je prends ma voiture et je vais rendre visite à Nikki dans sa maison en bord de mer. Je l'ai appelée un peu plus tôt pour l'informer de mon retour, et elle m'a invitée à venir prendre un verre.

La villa, bâtie sur un surplomb rocheux qui domine l'océan, est remarquablement intégrée au paysage. Je me gare sur un petit parking mal nivelé, entouré d'eucalyptus.

Sur la pelouse vert tendre poussent ici et là des touffes de pâquerettes. Un peu plus loin, ce sont des massifs de géraniums, des lauriers, des buissons. L'ensemble a un petit air sauvage et détendu très étudié. La maison est en bois, d'une belle couleur chaude, avec beaucoup de baies vitrées laissant entrer le soleil. L'atmosphère est humide. Ça sent la mer et le sel.

Je sonne. Un carillon délicat tinte à l'intérieur, et Nikki apparaît aussitôt, vêtue d'un caftan vert sombre. Ses cheveux sont tirés et retenus au-dessus de sa tête par un ruban de velours vert. Elle a l'air détendu. Ce côté absent qu'elle avait naguère semble avoir disparu. Je la trouve plus dynamique.

J'ai apporté l'album de photos que Diane m'a donné et je le lui tends pendant qu'elle ferme la porte derrière moi.

– Qu'est-ce que c'est ? demande-t-elle.

J'explique, en précisant que c'est pour Colin.

Elle me fait un signe de tête.

– Mais venez donc le voir, dit-elle. Nous sommes en train de faire du pain.

Je lui emboîte le pas vers l'intérieur de la maison. Tout y a des formes rondes et douces. Aucun angle nulle part. Les pièces ont l'air de s'interpénétrer et communiquent entre elles par des arcs et des demi-voûtes. Les espaces se mêlent harmonieusement les uns aux autres. Une échelle de meunier appuyée au mur du fond conduit à un loft qui surplombe la mer. Nikki dépose l'album sur une table basse en verre fumé, se retourne et me sourit.

La cuisine est disposée en demi-cercle. Tout est bois et stratifié blanc, avec de grosses plantes vertes débordantes de santé. Colin me tourne le dos. Il est en train de pétrir de la pâte à pain, totalement concentré sur son activité. Ses cheveux ont la même couleur pâle et indéfinissable que ceux de sa mère. Ses bras solides malaxent la pâte avec entrain. Nikki lui touche l'épaule, il se retourne vivement et, aussitôt, me passe en revue. Je suis surprise par sa beauté. Il a des yeux gris-vert, de longs sourcils recourbés, très noirs et très épais. Son visage est fin et prolongé par un menton pointu.

Son regard est serein, brillant d'intelligence et de perspicacité. J'ai déjà noté ce genre de regard dans les yeux des chats. Un regard à la fois perçant et détaché. Un regard qui fait vite le tour des choses.

Il observe nos lèvres tandis que je parle avec Nikki. Je vois les siennes bouger légèrement en même temps et, curieusement, je trouve quelque chose d'animal et de sensuel à ce mouvement.

— Il est adorable, dis-je. Je crois que je viens de tomber amoureuse.

Nikki sourit. Utilisant l'alphabet des sourds-muets, elle traduit pour Colin avec quelques gestes rapides et précis. Colin me décoche un sourire charmeur, très inattendu de la part d'un gamin de son âge, et je me sens piquer un fard.

Nikki ouvre une bouteille de vin, et je regarde Colin se remettre à l'ouvrage. Il travaille avec application en laissant échapper ici et là des murmures et des gémissements étranges dont il ne semble pas prendre conscience. Nikki me sert du vin blanc bien frais et décapsule un Perrier pour elle-même.

— A ma libération! fait-elle en levant son verre.

Je trinque en lui disant que je la trouve beaucoup plus détendue.

— C'est vrai, approuve-t-elle. Ça me fait un bien fou d'avoir Colin avec moi. Je ne le lâche pas d'une semelle. Je le suis absolument partout. J'ai l'impression d'être un petit chien. Ah, ça, il n'a pas la paix!

Ses mains bougent automatiquement en gestes pleins de grâce, et je me rends compte qu'elle traduit simultanément toutes ses paroles pour son fils. Je me sens presque mal élevée, et en tout cas très gênée, de ne pas pouvoir en faire autant. Nikki appuie ses gestes de mimiques expressives et de grimaces diverses. Son visage, et son corps entier, semblent participer à la conversation. J'ai l'impression qu'ils se racontent des blagues dans mon dos. Parfois, Nikki s'arrête dans sa prestation gestuelle, réfléchit comme quelqu'un qui cherche ses mots, puis reprend ses mouvements de mains. Elle laisse échapper un petit rire, troublée d'avoir eu un trou de mémoire. A chaque interruption, Colin la rassure d'un sourire indulgent, plein d'affection. Je me prends à envier leur connivence, leur mode de communication cryptique, où Colin est le maître et Nikki l'élève. Je ne pourrais pas imaginer Nikki avec un autre enfant que celui-ci.

Au bout d'un moment, Colin place sa boule de pâte dans une grande jatte ronde, la beurre puis la recouvre soigneusement d'un torchon blanc et propre. Par gestes, Nikki l'invite ensuite à venir avec nous dans la salle de séjour. Là, elle lui montre l'album de photos. Il s'installe à un bout du canapé et se penche en avant, les coudes sur les genoux, pour bien voir l'album ouvert devant lui sur la table basse. Son visage ne trahit aucune émotion, mais je vois que ses yeux scrutent chaque cliché dans le moindre détail.

Je sors sur le balcon avec Nikki. Il commence à se faire tard, mais il y a encore assez de soleil pour donner un semblant de chaleur. Nous nous appuyons à la rambarde et contemplons la masse mouvante de l'océan.

— Nikki, est-ce que par hasard vous auriez parlé de mes faits et gestes à quelqu'un?

Elle se tourne vers moi, l'air stupéfait.

— Jamais, répond-elle. Pourquoi cette question?

J'hésite à peine, puis je lui relate les derniers événements. La mort de Sharon Napier. Ma visite à Greg et à Diane. La lettre que j'ai trouvée dans les affaires de Libby Glass. Je ne saurais dire pourquoi mais, d'instinct, je lui accorde toute ma confiance.

— Vous reconnaîtriez l'écriture de Laurence?

— Evidemment, affirme-t-elle.

Je sors la lettre de mon sac et je la déplie. Un coup d'œil sur les feuillets bleu pâle suffit à Nikki pour déclarer :

— Pas de doute, c'est son écriture.

— J'aimerais que vous lisiez le texte, pour voir si ça colle avec votre vision des choses.

A contrecœur, elle baisse à nouveau les yeux vers la lettre, lit, puis se redresse d'un air presque embarrassé.

— Je ne l'aurais jamais cru capable d'envisager une liaison

avec un tel sérieux, dit-elle. Il traitait toujours ses maîtresses comme quantité négligeable.

— Charlotte Mercer aussi?

— Ah, celle-là... C'était une garce et une alcoolo finie. Un jour, elle m'a téléphoné. Si vous saviez ce qu'elle m'a raconté...

Je replie la lettre.

— Quelque chose m'échappe, dis-je. Il y a un monde entre une Charlotte Mercer et une Libby Glass. Il me semblait que Laurence était un homme de goût.

Nikki hausse vaguement les épaules.

— Il succombait facilement. Pour lui, une femme séduite était un titre de gloire. Et, dans un certain genre, Charlotte Mercer n'est pas mal...

— Ils se sont connus pour une affaire de divorce?

Nikki secoue la tête.

— Pas du tout. A une époque, le juge Mercer était en quelque sorte le maître à penser de Laurence. Nous avons noué des relations avec eux. Nous les recevions, ils nous recevaient. Je suis persuadée qu'il n'a jamais eu vent de cette liaison, ça l'aurait tué. C'est sans doute le seul juge respectable que nous ayons. Vous connaissez les autres...

— Je ne pense pas que ce soit elle, de toute façon. C'est forcément quelqu'un qui savait où je me trouvais. Qui aurait pu la renseigner? Je pense qu'on m'a suivie jusqu'à Las Vegas. Le meurtre de Sharon était trop bien minuté, il ne peut pas s'agir d'une coïncidence.

A cet instant, Colin sort nous rejoindre et place l'album de photos sur la rambarde du balcon. Posant le doigt sur une photo, il émet une étrange suite de sons vocaliques. C'est la première fois que je l'entends parler. Je ne comprends strictement rien. Il a une voix étonnamment grave pour un garçon de douze ans.

— C'est la photo de classe de Diane quand elle était en terminale, répond Nikki.

Colin la regarde puis, plaçant l'index devant sa bouche, le remue rapidement de bas en haut. Nikki fronce les sourcils.

— Comment, mon chéri? Qui ça?

Colin montre une autre photo. Nikki répond en articulant très clairement de manière qu'il puisse lire sur ses lèvres. Elle utilise en même temps l'alphabet des signes pour compléter ce qu'elle dit.

— Ici, tu reconnais Diane. Et, ici, Terri, une de ses amies. Et, là, c'est la maman de Diane.

Le jeune garçon semble stupéfait. Ecartant les mains, il place un pouce sur son front puis sur son menton. Cette fois, c'est Nikki qui a l'air étonné. Elle feuillette l'album en arrière, montre une autre photo et dit :

— Mais non, pas du tout. Mamie, la voilà.

Elle revient à la photo que lui montrait Colin.

— Ici, c'est la maman de *Diane*, pas celle de Daddy. La maman de Greg et de Diane. Tu ne te souviens plus de Mamie ?

Elle se tourne vers moi, ajoutant :

— C'est vrai, comment pourrait-il s'en souvenir ? Elle est morte quand il avait un an.

Elle se tourne à nouveau vers Colin, qui est en train de grommeler quelque chose d'un air fâché. Pas commode. Je me demande quel genre de caractère il va attraper quand la puberté arrivera. Encore une fois, il porte le pouce au front puis au menton. Désemparée, Nikki me prend de nouveau à témoin.

— Il croit que Gwen est la mère de Laurence. Comment lui faire comprendre que c'était son ex-femme ?

Avec force gestes, elle se relance dans une longue explication. Colin se met à agiter la tête, soudain moins sûr de ce qu'il affirme. Il guette sa mère, comme s'il attendait une autre explication. Puis il prend l'album et recule, les yeux toujours fixés sur le visage de Nikki. Il lui adresse quelques signes, rougit, l'air mal à l'aise. Visiblement, il ne veut pas passer pour un idiot devant moi.

— Oui, oui, dit Nikki par signes en traduisant à haute voix pour moi. On va regarder les autres ensemble tout à l'heure.

Colin fait demi-tour, rentre dans le séjour et repousse la porte vitrée coulissante derrière lui.

— Désolée de l'interruption, dit Nikki.

— Pas de mal. De toute façon, il va falloir que je me sauve.

— Vous ne voulez pas rester dîner? J'ai préparé une grande cocotte de bœuf bourguignon. Avec le pain de Colin, ce sera un régal.

— Merci de l'attention. Mais j'ai des tas de choses à faire.

Nikki me raccompagne à la porte. Tandis que nous bavardons, je m'aperçois qu'elle continue à traduire en signes tout ce qu'elle dit, sans même s'en rendre compte.

Je la quitte et je regagne ma petite voiture, étonnée de la confusion de Colin au sujet de Gwen. Déroutant.

Tout à fait déroutant...

# CHAPITRE XIX

En arrivant chez moi, je trouve Charlie Scorsoni paisiblement assis sur le pas de ma porte. Tout à coup, je réalise qu'inconsciemment, j'avais envie de le revoir. Seulement voilà, pour les circonstances de la rencontre, ce n'est pas tout à fait ce que j'aurais souhaité. Je me sens prise de court.

— Eh bien, Miss Millhone, fait-il avec une ironie légère comme un galop d'éléphants. Qu'est-ce qui vous arrive?

Ce type-là m'observe. A tous les coups, il m'a vue changer de tête.

— Ce qui m'arrive? dis-je en prenant mes clefs dans mon sac. Rien, sauf que vous avez choisi le mauvais moment pour me tomber dessus.

— Vous avez déjà un rendez-vous?

Il m'énerve...

— Oh non! J'avais simplement prévu de m'occuper de moi. Vous avez vu la tête que j'ai?

J'ouvre la porte, j'allume la lampe du bureau et je le fais entrer.

— En tout cas, poursuit-il, vous avez l'air de très bonne humeur. C'est l'essentiel.

Aussi à l'aise que s'il était chez lui, il trace droit vers la cuisine et prend la seule bière qui me reste. Sa décontraction achève de me mettre à cran.

— Ecoutez, j'ai une lessive qui attend, et des courses à

151

faire. Ça fait une semaine que je n'ai pas été chez l'épicier et que mon courrier s'entasse en prenant la poussière. Si vous voulez tout savoir, j'ai aussi des choses personnelles à régler pour lesquelles vous ne me serez d'aucune utilité.

Je croyais lui river son clou avec ça, mais ça le fait simplement rigoler.

— Allez, habillez-vous. Je vous sors.

Je le regarde bien en face :

— Mais je n'ai pas envie de sortir.

— Allons, allons, vous pourrez très bien vous en occuper demain. Je parie que vous vous réservez toujours ces corvées pour le dimanche.

Et, en plus, il a raison.

— Ecoutez, je vous propose autre chose, dis-je. J'arrive tout juste. Je règle ce que j'ai à régler, je m'offre la bonne nuit dont j'ai besoin, et on se voit demain soir.

— Impossible. Demain soir, j'ai à faire avec un client.

— Un dimanche soir ?

— Eh oui. On a une audience à la première heure lundi matin, et c'est le seul moment qu'on ait pu trouver pour faire une mise au point ensemble. Moi aussi, je viens de rentrer. Je suis arrivé jeudi soir et je suis complètement débordé.

Je le regarde de nouveau. Et je me sens faiblir.

— Où m'emmenez-vous si je dis « d'accord » ? Il faut s'habiller ?

— De toute manière, pas question que je vous emmène où que ce soit dans cet état.

Je fais le bilan des dégâts. J'ai toujours sur le dos la chemise et le jean avec lesquels j'ai dormi tout à l'heure. Mais je ne suis pas encore complètement disposée à capituler. D'un ton un peu pervers, je demande :

— Comment ça ? Dans quel état ?

Il ne se laisse pas démonter.

— Allez vous doucher et vous changer. Si vous me faites une liste, j'irai faire vos courses. Je pense que vous serez prête à mon retour. Ça marche comme ça ?

— J'aime bien faire mes courses moi-même. De toute façon, j'ai seulement besoin de lait, de bière et de vin blanc.

– Parfait, dit Charlie Scorsoni. Dans ce cas, nous passerons par le supermarché en sortant du restaurant.

Charlie m'emmène au *Ranch House*, à Ojai. C'est un de ces élégants restaurants où un larbin se tient à côté de vous pendant tout le temps que vous mangez. Il me faut un petit moment pour m'habituer et réussir à ne pas me laisser distraire. Le dîner est l'un des plus délicats que j'aie eu l'occasion de déguster. Le vin et la conversation aidant, je me sens de plus en plus sereine et, de nouveau, fortement attirée par cet homme. Charlie Scorsoni a quelque chose de solide. Il est rassurant, chaleureux mais, en même temps, je lui trouve un côté impénétrable. Mais je sais que c'est ce cocktail qui me plaît en lui. Est-ce qu'il s'en rend compte? Il laisse très peu transparaître ce qu'il ressent.

Après le café, il adresse un signe au serveur et, sans un mot, règle l'addition. La discussion commençait à s'essouffler. Nous nous levons et traversons le restaurant, physiquement très près l'un de l'autre, mais, pour le reste, polis et distants. Il pousse la porte, s'efface. Je sors. Pas une tentative de rapprochement, ni par le geste, ni par la parole, ça devient déconcertant. Est-ce que je me serais fait des idées? Mon attirance pour ce type m'a-t-elle fait imaginer que c'était réciproque? Il m'ouvre la portière de sa voiture. Courtois. Je me félicite de n'avoir rien dit de compromettant concernant ce que j'éprouve. Je le guette, curieuse de connaître ses intentions. Il est tellement détaché.

Nous parlons peu sur la route du retour. Bizarre, je n'ai pas très envie de confidences. Je me sens bien, mais un peu éteinte. Au moment où Santa Teresa se profile à l'horizon, Charlie me prend la main, comme si c'était la chose la plus naturelle du monde. Je sens un courant passer dans tout mon côté gauche. Charlie garde l'autre main sur le volant. Comme sans y prendre garde, il me caresse doucement le bout des doigts. Je fais tout mon possible pour avoir l'air aussi décontractée que lui, comme si toutes ces avances qui m'enflamment les joues et me dessèchent la gorge ne m'engageaient à rien. Si je m'écoutais, je me jetterais sur lui comme un chien sur un os. Mais si je me trompe? Si son geste se voulait simplement amical, réconfortant, et sans conséquence? J'aurais l'air fin. Impossible de penser à autre chose étant donné que nous ne parlons pas. Pas moyen d'y échapper. Au bout de quelques instants, je me sens aussi électrique qu'une tige de verre frottée à l'aide d'un chiffon de soie. Du coin de l'œil, j'ai l'impression de voir son visage se tourner vers moi. Je le regarde.

— Tu sais ce qu'on va faire, maintenant? demande-t-il d'une voix douce.

Il se déplace légèrement sur son siège et presse ma main contre sa bouche. Une décharge me transperce et, involontairement, je laisse échapper un petit gémissement. Il rit puis, de nouveau, regarde la route.


Faire l'amour avec Charlie, c'est un peu comme monter sur une machine bien rodée. On ne me demande rien. Il prévoit tout, exécute tout avec aisance et fluidité. Il n'y a pas une seconde de maladresse. Pas de retenue, pas d'hésitation, pas de honte. Pas de blocage. J'ai l'impression qu'une superbe voie de communication vient de s'ouvrir entre nous et que l'énergie sexuelle y circule librement dans les deux sens. La première fois ne nous suffit pas. Il y a trop d'électricité, nous sommes trop affamés l'un de l'autre. Nous nous empoignons dans l'urgence, avec une intensité qui ne laisse aucune place à la tendresse. Nous nous lançons l'un contre l'autre comme des masses d'eau contre un brise-lames et nous nous pulvérisons dans le plaisir, qui vient très vite. Toutes les images que j'en garde sont celles de charges, coups de boutoir, écrasement, tornade jusqu'à ce que je tombe en cendres et en poussière. Ensuite, il se redresse sur ses coudes, m'embrasse longuement, avec beaucoup de douceur, puis tout recommence déjà. Mais à son rythme, cette fois, cruellement lent. Comme le lent, très lent, mûrissement d'un fruit sur une branche au soleil. Je me sens rosir, devenir miel, langoureuse tendresse. Puis nous nous reposons, riant par à-coups, encore tout mouillés de sueur. En m'endormant, je sens son bras puissant autour de mon corps, qui me retient à ses côtés. Mais je ne me sens pas du tout entravée. Bien au contraire. J'ai l'impression que, protégée par l'étreinte de cet homme, je ne risque plus rien. Plus rien ne peut me faire de mal. Blottie contre ce rempart musculeux, je dors d'une traite jusqu'au matin.

A 7 heures, je le sens bouger. Il m'embrasse légèrement sur le front. Puis j'entends le bruit de la porte. Au moment où je m'arrache enfin au sommeil, il est parti.

# CHAPITRE XX

Lundi matin. Visite chez Con Dolan à la Criminelle. Il est au téléphone quand j'entre, et je m'assieds à son bureau. Je le regarde, renversé sur sa chaise, les pieds calés sur le bord de la table de travail, le combiné coincé contre l'oreille. « Ouais... ouais... », répète-t-il d'un air absent, tout en m'observant du coin de l'œil comme s'il voulait mettre en mémoire le moindre détail de mon visage, le comparer avec son trombinoscope des meurtriers en cavale, voir si ça colle. Je le fixe sans bouger un cil. Il écoute, puis se met à répondre autrement que par monosyllabes :

– Ça va comme ça, Mitch. J'ai dit tout ce que j'avais à dire. On y va tout doucement, par petites doses, parce que je ne veux pas que vous me foutiez ce dossier en l'air. Ouais, je sais, je sais... Mais ouais, c'est ce que vous avez dit. Je tiens simplement à ce que les choses soient bien claires entre nous.

Sans saluer, Con raccroche avec fermeté. Il a l'air encore bien irrité quand il ramène son regard sur moi.

Je pose ma grosse enveloppe sur le bureau. Il pose ses pieds sur le sol.

– Qu'est-ce que c'est? fait-il avec un rictus de molosse prêt à mordre.

Il soulève le rabat de l'enveloppe et regarde la lettre que j'ai trouvée dans les affaires de Libby Glass. Avant même de savoir de quoi il s'agit, il prend prudemment le papier par les bords. Ses yeux survolent les lignes d'une seule traite puis

157

reviennent tout doucement en arrière. Son manège terminé, il remet la lettre dans son enveloppe et braque sur moi son regard acéré.

— Où avez-vous eu ça?

— La mère de Libby Glass gardait toutes ses affaires. Ça se trouvait entre les pages d'un livre de poche. J'ai mis la main dessus vendredi. Pourriez-vous faire une recherche d'empreintes digitales?

Son regard se fait glacial.

— Pourquoi ne parlerait-on pas d'abord de Sharon Napier?

La question me secoue comme un coup de poing dans le ventre. Mais, par instinct de survie, je réponds sans l'ombre d'une hésitation.

— Elle est morte.

Je tends la main vers mon enveloppe. Rapide comme un serpent, il la plaque sur son bureau d'un coup de paume. Nos regards se heurtent. Ça n'est pas tendre. J'ajoute très vite :

— Je l'ai appris par un ami que j'ai à Las Vegas. C'est comme ça que je l'ai su.

— Des conneries! Vous y êtes allée en voiture.

— C'est faux.

— Nom de Dieu! jappe-t-il. Arrêtez de me raconter des histoires!

Je sens la moutarde me monter au nez.

— Qu'est-ce qu'il y a, lieutenant Dolan? Vous avez quelque chose à me reprocher? O.K., coffrez-moi. Je vais passer un coup de fil à mon avocat et, quand il sera là, on pourra discuter. Ça vous va?

— Ça fait deux semaines que vous êtes là-dessus, et voilà déjà un cadavre. Vous commencez à me plaire! Si vous essayez de me doubler, j'aurai votre peau! Maintenant, vous allez me cracher tout ce que vous savez. Je ne vous avais pas dit de ne pas vous mêler de ça?

— Vous m'aviez dit de ne pas faire d'histoires, nuance. Je n'en ai pas fait.

Je montre la grosse enveloppe brune, et j'ajoute :

— Vous m'aviez dit aussi que vous apprécieriez un coup de main en ce qui concerne le lien entre l'affaire Libby Glass et l'affaire Laurence Fife.

Il prend l'enveloppe et la balance dans la corbeille. Mais je sais parfaitement que c'est de l'esbroufe. Je tente une autre stratégie.

— Enfin, Con, vous savez très bien que je ne suis pour rien dans la mort de Sharon Napier. Qu'est-ce qui vous prend? Vous croyez que j'ai pris ma voiture, que je suis montée à Las Vegas et que j'ai descendu une fille qui pouvait me donner des renseignements? Non mais, sans blague! Je n'ai pas mis les pieds à Las Vegas. Vous voulez savoir où j'étais? J'étais à Salton Sea pour cuisiner Greg Fife. Si vous ne me croyez pas, téléphonez-lui.

Je me tais brusquement et je fixe son visage sombre, le laissant digérer cette macédoine de vérités et de mensonges.

— Comment avez-vous retrouvé la trace de Sharon Napier? demande-t-il au bout d'un moment.

— J'ai passé une journée et demie à la chercher par l'intermédiaire d'un privé du Nevada. Vous voulez son nom? Il s'appelle Bob Dietz. D'ailleurs, je m'apprêtais à monter dans le Nevada après ma visite à Greg. Avant de faire le déplacement, j'ai passé un coup de fil, et c'est là que j'ai appris qu'elle s'était fait descendre. Mais, franchement, vous imaginez ce que ça représente pour moi? Cette fille aurait pu répondre à un paquet de questions que je me pose. C'est déjà assez dur comme ça. Ce foutu dossier date de huit ans, je vous le rappelle, alors laissez-moi respirer.

— Qui savait que vous alliez lui rendre visite?

— Je n'en sais rien. Vous laissez entendre que quelqu'un l'aurait tuée pour l'empêcher de me parler? A mon avis, ça ne colle pas, mais, bien sûr, je ne peux pas le prouver. D'après ce que j'ai pu comprendre, cette fille dérangeait beaucoup de monde. Mais ne me demandez pas de détails, parce que je n'en ai pas. Tout ce que j'ai entendu dire, c'est qu'elle marchait sur les plates-bandes de pas mal de gens.

Il se redresse sur sa chaise et me dévisage bizarrement. J'ai l'impression d'avoir fait mouche. Les rumeurs dont j'ai eu vent par mon copain collaient sûrement avec ce qu'il savait par les services de police de Las Vegas. En ce qui me concerne, je suis persuadée que quelqu'un m'a suivie et a supprimé Sharon Napier pour l'empêcher de me faire des révélations. Mais Con peut toujours courir pour me faire admettre ça. J'ai une enquête à mener et je ne peux pas accepter d'interférences de ce genre pour le moment. Une chose me chiffone un peu, cependant : quelqu'un d'autre avait dû avertir la police de Las Vegas et j'aurais pu me faire piquer en restant une minute de plus dans l'appartement. Et, là, je pouvais tirer un trait sur mon enquête. Qu'on ait tué Sharon pour l'empêcher de me parler, c'est regrettable, mais je ne vois pas pourquoi j'aurais à en subir les conséquences.

— Et qu'avez-vous trouvé d'autre au sujet de Libby Glass ? demande Con Dolan en se radoucissant un peu.

— Pas grand-chose. Pour l'instant, il me manque encore quelques pièces importantes pour reconstruire le puzzle. Et, jusqu'à présent, je n'ai pas eu la main tellement heureuse. Si cette lettre a vraiment été écrite par Laurence Fife, c'est déjà quelque chose ! J'aurais tendance à penser que ce n'est pas le cas, mais Nikki affirme que c'est bel et bien son écriture. Moi, j'ai toujours un doute, je trouve que ça ne colle pas. Si vous trouvez des empreintes, auriez-vous l'obligeance de me le faire savoir ?

Agacé par mon excès de politesse, Con écarte nerveusement des papiers qui traînent sur son bureau.

— Je verrai ça, grogne-t-il. Je n'ai pas l'habitude de céder au copinage.

— Copinage ? Avec moi ? Vous plaisantez !

Bizarrement, l'expression renfrognée de Dolan s'adoucit. J'ai presque l'impression qu'il esquisse un semblant de sourire.

— Allez, dégagez, fait-il d'un ton bourru.

Puisqu'on me le demande...


Il fait un temps comme je les aime, à la fois ensoleillé et frais, avec de gros nuages blancs ramassés sur l'horizon. Je saute dans ma voiture, je quitte le centre-ville et je mets le cap vers la mer. Il y a quelques bateaux à voiles, ici et là, sans doute mis en place par la chambre de commerce afin de réjouir les touristes qui déambulent sur les trottoirs pour photographier d'autres touristes allongés dans l'herbe.

Arrivée à Ludlow Beach, je vire à droite vers les collines et je m'engage dans la rue escarpée où vit Marcia Threadgill. Je me gare, je sors mes jumelles et je les braque sur son patio. Toutes les plantes sont présentes à l'appel et tellement bien entretenues que c'en est presque une honte. Pas trace de Marcia ni de la vieille avec laquelle elle s'était prise de bec l'autre jour. Je remarque, pour la première fois, qu'il y a en fait quatre crochets à plantes vissés dans la boiserie du patio surplombant le sien. A l'angle le plus proche pend la plante gigantesque que j'ai vue l'autre jour. Les trois autres crochets sont vides.

Je pose mes jumelles et j'entre dans le bâtiment. Je monte jusqu'au palier, entre le premier et le deuxième, et je m'arrête pour regarder à travers la grille de la rampe. En me positionnant bien, je peux avoir la porte d'entrée de Marcia en plein dans mon viseur. Après m'en être bien assurée, je regagne ma VW et je vais jusqu'au supermarché Gateway. Après un rapide tour d'horizon au rayon des plantes vertes, je trouve mon bonheur : un gros machin de douze à treize kilos avec un solide tronc sur lequel se dressent de vilaines feuilles en forme d'épée. J'achète quelques rubans rouge camion de pompier et une carte dorée avec un petit compliment galant en vers. Tout ça me prend pas mal de temps, mais il faut bien que je paie mon loyer à la California Fidelity.

De retour chez Marcia, je vérifie le bon état de fonctionnement de mon appareil-photo, je décore rapidement le pot à l'aide de quelques rubans et j'ajoute la petite carte, sur laquelle j'ai collé une signature indéchiffrable. Cœur battant, je vais poser le cadeau empoisonné sur le pas de porte de Marcia, je monte à mon poste sur le palier du dessus, je vise la porte, puis je règle mon posemètre et ma distance focale. Bel angle pour une prise de vue. Ça va être de la photo d'art. Je redescends, je respire un grand coup et je sonne chez Marcia Threadgill, puis je me dépêche de retourner à mon appareil.

J'ai à peine le temps de m'installer que Marcia ouvre sa porte et, toute surprise, découvre la plante. Elle est vêtue d'un short et d'un bain de soleil fait au crochet. Dans l'appartement, la voix d'Olivia Newton-John hurle dans les haut-parleurs. J'hésite une seconde, puis je risque un œil par-dessus la rampe. Marcia est en train de se pencher pour pêcher la carte dans le pot. Elle la lit, la retourne puis l'examine sur toutes les coutures, l'air profondément étonné. Elle regarde en bas, pensant peut-être apercevoir le livreur. Rien. Je commence à la mitrailler systématiquement. Olivia Newton-John me rend bien service pour couvrir le grésillement de mon 35 mm. Résignée à ne pas comprendre, Marcia regagne son paillasson et se baisse paisiblement pour ramasser la plante, sans même prendre la peine de fléchir les genoux, comme on l'apprend pourtant dans tous les bons clubs de mise en forme. Dès qu'elle est rentrée, munie de sa trouvaille, je fonce dehors et je prends le patio en ligne de mire, juste au moment où elle ressort. Je la vois poser la plante sur la rambarde. Puis elle disparaît. J'en profite pour reculer de quelques mètres et pour mettre le téléobjectif en place sur mon appareil.

J'attends, le souffle court.

Et la voilà qui revient, munie d'une chaise de cuisine. Je m'offre quelques clichés pendant qu'elle grimpe sur son piédestal. Comme prévu, elle soulève la plante. Ses muscles peinent, mais finalement elle trouve le crochet, et la plante reste suspendue en l'air. Dans la frénésie de l'effort, son bain de soleil a remonté vers le haut, découvrant un instant son opulente poitrine. J'appuie sur le déclencheur, mettant dans la boîte ma resquilleuse avec les seins à l'air. Puis je recule vivement, hors de vue. J'ai été bien inspirée car, comme prévu, elle se retourne pour voir si personne ne l'aurait surprise à exhiber ses lolos. Je n'ai pas le temps d'en voir plus. Quand, un instant plus tard, j'avance de nouveau, elle a disparu.

J'aurais dû me douter qu'il ne serait pas d'accord : Andy Motycka a une petite quarantaine et se ronge toujours les ongles. Aujourd'hui, il s'est attaqué à sa main droite. Ça me fait mal aux doigts rien que de le regarder. J'ai l'impression qu'il va arracher ce qu'il lui reste de chair sur l'os du pouce. Je sens que j'en grimace de dégoût malgré moi, et je me force à regarder ailleurs tandis que je lui parle.

Je n'ai pas dit la moitié de ce que j'avais à dire que, déjà, il secoue la tête.

— Pas possible, fait-il d'un ton définitif. On doit recevoir le certificat médical la semaine prochaine. Pas question de poursuites. A 4 800 dollars, on s'en tire bien. Ça nous coûterait dix fois plus de la traduire en justice.

— Je le sais, mais...

— Pas de mais, coupe Motycka en déchiquetant une belle portion de pulpe rosâtre. Ce serait trop risqué. Je comprends que ça vous bouffe le foie, mais c'est tant pis. Ce genre de souris, si on a le malheur de leur chercher noise, ça fonce chez un avocat, ça porte plainte et ça réclame 1 million de billets verts pour préjudice moral! Laissez tomber, Millhone.

Malgré moi, je sens la colère monter :

— Je me demande pourquoi j'ai perdu mon temps à faire toutes ces conneries!

Andy hausse les épaules.

— Moi aussi. Si j'avais été prévenu, je vous aurais tout de suite dit d'arrêter. Par contre, si vous voulez bien me rapporter les photos quand vous aurez réglé ça... Cette petite a des nichons qui ne manquent pas d'intérêt...

— Vous pouvez aller vous faire voir!

Sur ce, je me lève pour retourner dans mon bureau.

# CHAPITRE XXI

On a laissé deux messages pour moi au service des abonnés absents. Le premier est de Garry Steinberg. Je le rappelle tout de suite.

— Salut, Kinsey, fait-il dès que la communication est établie.

— Salut, Garry. Tout va bien?

— Pas mal, pas mal. J'ai deux ou trois petits renseignements pour vous.

Au ton de sa voix, je sens qu'il est content de lui. Pourtant, la suite me stupéfie :

— Je me suis penché ce matin sur cette demande d'emploi de Lyle Abernathy. Apparemment, il a travaillé quelque temps comme apprenti chez un serrurier. Un vieux bonhomme du nom de Fears.

— Un serrurier?

— Tout juste. Alors, j'ai appelé. J'aurais aimé que vous soyez à l'écouteur. J'ai raconté qu'Abernathy voulait se faire engager comme vigile chez moi et que je faisais une vérification de ses antécédents. Fears a tourné un peu autour du pot et, finalement, il s'est décidé à cracher le morceau. Il avait été obligé de virer Abernathy. A chaque fois que le loustic travaillait quelque part, on lui signalait des disparitions d'argent liquide. Jamais de grosses sommes, mais assez quand même pour que ça se remarque. Fears n'a jamais eu de preuve contre Abernathy, mais les présomptions devenaient un peu grosses, et il a fini par lui demander d'aller voir ailleurs.

– Ça, c'est fantastique, dis-je. Serrurier. Ça veut dire que Lyle aurait pu rentrer chez les Fife quand il le voulait. Comme chez Libby Glass, d'ailleurs !

– Rien n'interdit de le penser. Il a quand même travaillé huit mois chez Fears, de quoi connaître assez bien la question. A moins, bien sûr, qu'il ne se trouve face à un système d'alarme sophistiqué...

– Très sophistiqué : c'était un berger allemand, mais il s'est fait tué par une voiture six semaines avant la mort de Laurence Fife. La famille était absente quand le chien s'est fait renverser.

– De mieux en mieux, répond Garry. Evidemment, vous ne pouvez rien prouver après tout ce temps, mais ça peut quand même vous mettre sur la bonne piste. Vous voulez une photocopie de la demande d'emploi ?

– Ce serait très gentil de votre part. Et les comptes de Laurence Fife, ça donne quelque chose ?

– Pas encore eu le temps de mettre le nez dedans. C'est un gros morceau. J'ai tout emporté chez moi. Je m'en occupe dès que possible. J'ai appelé parce que j'ai pensé que le passé de Lyle Abernathy vous intéresserait au plus haut point.

L'autre message est de Gwen. Une fille décroche dès que je rappelle, et, en attendant qu'on me passe Gwen, j'entends tout une symphonie de « ouah ! ouah ! » en arrière-fond.

– Kinsey ?

– Oui, j'ai eu votre appel. Quoi de neuf ?

– Vous êtes libre pour déjeuner ?

– Une seconde. Je regarde mon carnet de rendez-vous.

Je pose la main sur le combiné et je consulte ma montre. Il est 13 h 45, et il me faut un petit moment pour me rappeler si j'ai déjeuné. En fait, j'ai même dû sauter mon petit déjeuner.

– Oui, finis-je par dire. Ça colle. Je suis libre.

– Très bien. On se retrouve dans un quart d'heure au *Palm Garden*, si ça vous convient.

– Impeccable. A tout de suite.

On vient tout juste de me servir mon verre de vin blanc quand je vois Gwen traverser la terrasse, grande, mince, élégante, ses cheveux gris tirés de chaque côté de son visage. Elle a du style et de l'assurance. Sur ce plan-là, elle ressemble à Nikki. Et je comprends ce qui, chez ces deux femmes, a pu plaire à Laurence Fife. Je suppose qu'à une certaine époque de sa vie Charlotte Mercer a eu autant d'allure. Et je ne peux m'empêcher de me demander si Libby Glass aurait aussi bien vieilli.

— Comment va? demande gaiement Gwen en s'asseyant.

Elle écarte la serviette posée près de son assiette et, comme la serveuse passe dans le secteur, commande un verre de vin. De près, elle a un air plus doux. Les angles de son visage s'estompent au profit de ses grands yeux bruns et de sa bouche délibérément maquillée en rose tendre. Ce qui frappe avant tout chez Gwen, ce n'est pas la beauté de son visage, mais sa façon d'être : féminine, intelligente, raffinée.

— Et vous, dis-je. Comment vont les chiens?

Elle rit.

— Crasseux, comme toujours, et heureusement. Nous sommes débordées aujourd'hui. Mais je tenais à vous voir. Vous vous êtes absentée?...

— Oui, je suis rentrée samedi. Vous avez essayé de me joindre?

Elle hoche la tête.

— J'ai appelé votre bureau... Mardi, je crois. Le service des abonnés absents m'a donné vos coordonnées à Los Angeles. J'ai essayé de vous joindre là-bas et je suis tombée sur une espèce de débile.

— Arlette?

— Peut-être bien, reprend Gwen. Toujours est-il qu'elle a été incapable d'enregistrer clairement mon nom et mes coordonnées. Au bout de deux tentatives, j'ai raccroché.

La serveuse revient avec sa boisson.

— Vous avez déjà commandé? me demande Gwen.

Je fais signe que non :

— Je vous attendais.

La serveuse nous tend la carte. Je commande une salade du chef.

— Ça fera deux, dit Gwen.

— Quel assaisonnement?

— Sauce au roquefort, dis-je.

— Moi, juste une vinaigrette, décide Gwen.

Elle se penche vers moi dès que la serveuse s'est éloignée.

— J'ai décidé d'être franche avec vous, déclare-t-elle subitement.

— A propos de...?

— Mon ex-amant.

Ses joues se colorent légèrement. Elle enchaîne très vite :

— Je me suis dit que si je ne vous racontais pas tout, vous alliez probablement vous lancer dans une poursuite folle pour essayer de le retrouver. Un gaspillage de temps et d'énergie ridicule. En fait, c'est beaucoup de mystère pour bien peu de chose.

— Comment ça?

— Il est mort d'une crise cardiaque, il y a quelques mois, dit Gwen, retrouvant tout aplomb. Après notre discussion de l'autre jour, j'ai essayé de retrouver sa trace. Il s'appelait David Ray. Il était instituteur. Pour tout vous dire, c'était le maître de Greg. Voilà comment nous nous sommes rencontrés. Je me suis dit, après tout, que, comme vous enquêtiez sur la mort de Laurence, mieux valait l'avertir, car votre curiosité pouvait bien vous conduire jusqu'à lui.

— Comment avez-vous retrouvé sa trace?

— Je savais que sa femme et lui avaient été s'installer à San Francisco. A ma connaissance, il habitait Bay Area [1] où il avait été nommé directeur d'une école publique à Oakland.

— Pourquoi ne me l'avez-vous pas dit plus tôt?

Elle hausse les épaules.

— Sans doute par loyauté mal placée. Un désir de le protéger. Nous avions eu une relation forte, et je ne voulais pas que ça lui cause des ennuis après tout ce temps.

1. La région de San Francisco-Berkeley-Oakland.

Elle me regarde, et j'ai l'impression qu'elle remarque mon air sceptique. De nouveau, ses pommettes rosissent.

– Je sais très bien ce qu'on peut penser, reprend-elle. D'abord, je refuse de vous donner son nom. Puis je vous le donne, mais il est mort. Donc impossible de vérifier. Seulement, c'est la réalité, rien que la réalité. S'il était en vie, je suis certaine que je ne vous raconterais jamais tout ça.

Après tout, je me dis que c'est peut-être vrai. Mais j'ai d'autres comptes à régler avec elle. On nous sert nos salades, et un silence apaisant s'établit le temps que nous passons à manger. Finalement, je relance :

– Vous saviez qu'il avait des problèmes cardiaques ?

– Absolument pas. Mais j'ai l'impression qu'il était malade depuis pas mal de temps.

– Qui a rompu, lui ou vous ?

Gwen esquisse un petit sourire acide.

– C'est plutôt Laurence qui s'en est chargé mais, aujourd'hui, je me demande si David ne s'était pas plus ou moins débrouillé pour que ça se termine ainsi. Je crois que ça lui compliquait énormément la vie.

– Il en avait parlé à sa femme ?

– Je pense que oui. Elle a été très aimable avec moi au téléphone. Je lui ai raconté que Greg m'avait demandé de prendre des nouvelles, et elle a joué le jeu. Quand elle m'a dit que David était mort, ça m'a... Je ne savais plus quoi dire. J'ai bredouillé les condoléances d'usage, bien sûr. Vous ne pouvez pas imaginer le choc.

– Elle n'a fait aucune allusion à la relation que vous aviez avec lui ?

– Non. Ce n'est pas du tout son genre. Mais, soyez-en sûre, elle sait très bien à quoi s'en tenir.

Un nouveau silence passe, puis elle demande :

– Comment ça va, à part ça ?

Je me sens hésiter.

– J'ai glané quelques bribes de renseignements à droite et à gauche. Rien de bien décisif.

– Mais enfin, qu'est-ce que vous espérez découvrir après tout ce temps ?

Je souris.

– On ne sait jamais. Quand ils se sentent en sécurité, les gens relâchent leur vigilance.

– Oui, fait Gwen. Vous avez peut-être raison.

Ensuite, nous bavardons un moment de Greg et de Diane. Soudain, Gwen regarde sa montre : il est presque 15 heures.

– Il faut que je file, annonce-t-elle.

Elle ouvre son sac, prend son porte-monnaie et en sort un billet de cinq dollars.

– On se recontacte? demande-t-elle en se levant.

Je la regarde.

– Bien sûr, dis-je en prenant une petite gorgée de vin. Quand avez-vous vu Colin pour la dernière fois?

Elle semble recevoir la question comme une gifle en pleine figure.

– Colin?

– J'ai fait sa connaissance samedi, dis-je, comme pour expliquer le pourquoi de la question. Je sais que Diane l'aime bien et je me suis dit qu'elle serait peut-être contente de savoir qu'il est de retour.

– Oui..., fait Gwen. Oui... elle... Elle l'aime bien. Quand j'ai vu Colin pour la dernière fois? Difficile. Ah oui, je crois bien que c'était à la fin des études primaires de Diane. A la petite fête pour marquer son entrée au collège. Mais pourquoi me demandez-vous ça?

– Simple curiosité, dis-je en haussant les épaules.

Je la regarde d'un œil que j'espère complètement détaché. Une rougeur vient d'apparaître sur son cou, et je me demande si ça tiendrait devant les tribunaux comme truc pour détecter le mensonge.

– Allez-y, dis-je. Je m'occupe du pourboire.

– Tenez-moi au courant, répond-elle, de nouveau parfaitement à l'aise et détendue.

Elle glisse le billet sous son assiette, fait demi-tour et s'en va de son habituel pas vif. Je la regarde s'éloigner avec le net sentiment que quelque chose de très important reste en suspens. Bizarre. Elle aurait pu se contenter de me téléphoner pour parler de ce David Ray. D'ailleurs, je me demande si elle n'était pas déjà au courant de sa mort. Et Colin? Cette curieuse histoire me travaille.

Je vais à pied jusqu'au bureau de Charlie, à quelques centaines de mètres, et je trouve Ruth en train de taper du courrier enregistré au dictaphone. Elle est d'une rapidité rare.

— Il est là?

Elle sourit et répond d'un hochement de tête, sans arrêter son appareil, sans rater un seul mot.

Je passe la tête dans son bureau. Il est installé à sa table de travail, devant un gros livre de droit. Chemise beige, veston brun foncé. Quand il me voit, un sourire se forme lentement sur ses lèvres. Il me regarde en se renversant lentement dans son siège, puis il jette son stylo sur la table.

— Tu es libre pour dîner? dis-je.

— Il y a du nouveau?

— Non. Je te fais simplement une proposition malhonnête!

— 6 heures et quart?

— Ça me va. Je repasse en fin d'après-midi, dis-je en refermant la porte.

Je suis vraiment impressionnée par son look : cette veste foncée sur cette chemise claire, ça au moins c'est sexy! J'ai toujours pensé qu'un bel homme en costume de ville avait plus de sex-appeal qu'un type en train de faire de la musculation dans une salle de sport. Cette harmonie de couleurs me rappelle une glace vanille-café, et ça me donne envie d'y goûter!

Cela dit, il faut que je saute dans ma voiture pour aller voir Nikki dans sa propriété en bord de mer.

# CHAPITRE XXII

Nikki m'ouvre la porte en vieux sweat-shirt gris et en jean délavé. Elle marche pieds nus.

– Nous sommes en train de retaper de vieux tiroirs, m'explique-t-elle en m'invitant à la suivre sur le vaste balcon.

Colin est torse nu dans une salopette bleue. Il me sourit. Je remarque qu'il a attrapé un petit coup de soleil sur le nez et les pommettes. Je réponds à son sourire et j'attends qu'il se remette à l'ouvrage pour m'adresser à Nikki :

– Je voulais poser une question à Colin, mais je crois préférable de voir ça avec vous d'abord.

– O.K., dit-elle. Allez-y.

Plongé dans la restauration de son tiroir, Colin n'accorde aucune attention à notre discussion. Nikki trempe son pinceau dans un petit pot de teinture pour bois et essuie l'excédent sur le bord.

Je m'accoude à la rembarde et j'attaque :

– Est-ce que, par hasard, vous vous rappelez vous être absentée de chez vous pendant un laps de temps, mettons... quatre à six mois avant la mort de Laurence.

Nikki me regarde d'abord d'un air totalement ahuri. A l'évidence, elle ne s'attendait pas à ça.

– J'ai été absente une semaine, répond-elle enfin. Mon père a été très malade pendant le mois de juin. J'ai sauté dans un avion et j'ai été le voir dans le Connecticut.

Elle se tait, réfléchit, puis hoche la tête.

173

– Oui, reprend-elle. Je crois que c'est la seule fois. Mais je ne vois pas où vous voulez en venir.

– Je ne sais pas trop moi-même. Ça peut paraître tiré par les cheveux, mais ça me turlupine que Colin ait pu prendre Gwen pour sa grand-mère. Est-ce qu'il vous en a reparlé?

– Non. Pas du tout.

– Alors voilà, je me demande s'il n'aurait pas eu l'occasion de voir Gwen à un moment ou à un autre, pendant votre absence. Il me semble vraiment trop futé pour avoir fait ce genre de confusion de lui-même. J'en conclus que, s'il prend Gwen pour la mère de Laurence, c'est que quelqu'un la lui a présentée en tant que telle.

Nikki me regarde, l'air encore plus ahuri que tout à l'heure.

– Ça, pour être tiré par les cheveux, c'est tiré par les cheveux. Colin avait tout juste trois ans et demi à ce moment-là!

– Je sais. Mais j'ai demandé à Gwen quand elle l'avait vu pour la dernière fois, et elle m'a répondu que c'était à l'occasion de l'admission de Diane au collège.

– Elle a sûrement raison, approuve Nikki.

– Mais, Nikki, Colin devait avoir quelque chose comme quatorze mois, à ce moment-là. J'ai vu les photos. C'était un bébé.

– Et, alors?

– Et alors, comment pensez-vous qu'il puisse s'en souvenir?

Nikki ne répond rien. Elle passe une couche de teinture en réfléchissant à la question.

– Ils se sont peut-être rencontrés un jour que Colin était en promenade avec Diane, ou dans un supermarché, ou je ne sais pas..., propose-t-elle.

– Ça vous ennuie que je le questionne?

– Non, allez-y.

– Où est l'album?

Elle me fait un signe par-dessus son épaule. Je rentre dans le séjour. Je trouve l'album et je détache soigneusement la photo de Gwen en la glissant hors des quatre petits coins qui la maintiennent en place. Je reviens sur le balcon et je la montre à Colin.

— Demandez-lui, dis-je à Nikki, s'il se rappelle à quelle occasion il l'a vue pour la dernière fois.

Nikki tend la main et lui donne une petite tape. Colin se retourne, regarde sa mère, la photo, puis lève les yeux vers moi. Drôle d'expression au fond de son regard. Nikki lui pose la question par gestes. Le visage de Colin se referme comme une belle-de-jour au crépuscule.

— Colin?

Il se remet à peindre en détournant le visage.

— Le petit salaud! fait Nikki d'une voix affectueuse démentant la violence des mots.

De nouveau, elle attire son attention en lui donnant une petite tape et lui repose la question.

Colin l'envoie promener d'un geste détaché. J'examine soigneusement la façon dont il réagit.

— Demandez-lui s'il l'a vue ici.

— Qui ça? Gwen? Qu'est-ce qu'elle serait venue faire ici?

— Je ne sais pas. C'est bien pour ça que j'aimerais que vous le lui demandiez.

Elle me regarde d'un air indéfinissable, hostile peut-être. A contrecœur, elle se tourne de nouveau vers son fils. Elle lui pose la question par gestes et traduit en langage verbal pour moi. Elle ne me paraît pas ravie ravie.

— Est-ce que Gwen est venue ici ou à l'autre maison? demande-t-elle.

Colin la fixe. Sur le visage du jeune garçon, je lis l'incertitude, la grogne, la honte de trahir un secret.

— Je ne sais pas, dit-il à voix haute.

Les consonnes semblent se mêler les unes aux autres comme de l'encre sur du papier mouillé. Difficile d'interpréter le ton, mais je crois y trouver de l'entêtement et, maintenant, de la méfiance. Ses yeux glissent vers moi. Je soutiens le regard. Avec fermeté, je demande à Nikki d'insister. Et, tout à coup, c'est elle qui change de tête. Je la vois cligner des yeux et rougir légèrement.

— Je... je crois que je me rappelle quelque chose, dit-elle. Laurence est venu ici. Il m'avait dit qu'il amènerait Colin à la mer pendant mon absence. Greg et Diane étaient restés à la maison avec Mrs. Voss.

– Tiens, tiens, fais-je, d'un air ironique. Et maintenant, voulez-vous lui demander pourquoi il a parlé de Gwen en l'appelant « la maman de Daddy »?

Toujours avec réticence, elle transmet la question à Colin. Puis je vois le visage de son fils s'éclairer, et il répond aussitôt par signes en montrant ses cheveux.

– Elle avait les cheveux gris, traduit-elle à mon intention. Il a vraiment trouvé qu'elle avait l'air d'une grand-mère quand elle est venue ici.

Sa voix trahit sa colère, mais elle se reprend aussitôt, à cause de Colin probablement. Elle lui frictionne affectueusement la. tignasse.

– Tu es un amour, dit-elle. Je t'adore.

Colin semble se détendre, mais pas Nikki. Je vois que ses yeux sont devenus gris anthracite.

– Laurence ne pouvait plus la supporter, explique-t-elle. Comment imaginez-vous que...

– Je n'imagine rien du tout. Je me contente d'examiner une hypothèse. D'ailleurs, s'il l'a amenée ici, ça pouvait être absolument sans arrière-pensée. Qui vous dit qu'ils n'avaient pas projeté de prendre un verre ensemble en discutant de la scolarité des enfants? Nous n'avons aucune preuve de quoi que ce soit.

– Mes fesses, murmure Nikki.

Elle ne me paraît pas à prendre avec des pincettes.

– Hé, dis-je, ne vous mettez pas en colère contre moi! J'essaie juste de rendre les choses un peu cohérentes.

– Je n'arrive pas à croire qu'il ait pu se passer quelque chose... fait Nikki d'un ton buté.

– Qu'est-ce que vous voulez que je vous dise? Qu'il était trop fidèle pour oser?

Elle pose son pinceau sur un vieux journal et s'essuie les mains dans un chiffon.

– J'aurais bien aimé garder un tout petit brin d'illusion.

– Ça, dis-je, je ne peux pas vous donner tort. Mais je ne vois vraiment pas pourquoi ça devrait encore vous tourmenter aujourd'hui. Si vous voulez tout savoir, c'est Charlotte Mercer qui m'a mis la puce à l'oreille. Elle m'a dit que

Laurence était comme un vieux chat de gouttières. Toujours à retourner renifler dans les mêmes coins...

Je la laisse sur ces bonnes paroles... Il fallait que je retourne à mon rendez-vous en ville. J'arrive au bureau de Charlie et je le trouve en train de m'attendre manteau sur l'épaule, cravate dénouée.

– Qu'est-ce qui t'est arrivé? demande-t-il en voyant mon visage.

– Laisse tomber, dis-je. Si ça continue comme ça, je m'inscris à un cours du soir pour suivre une formation de secrétaire. Un truc simple, clair, net et sans bavures. Où tu commences à 9 heures, où tu finis à 17 heures et où tu palpes ta petite paie tous les mois sans te faire de souci.

Je m'approche de lui en levant la tête pour le regarder dans les yeux. Ça me fait l'effet d'entrer dans un champ magnétique; me reviennent à l'esprit ces deux petites figurines aimantées en forme de chien que j'avais quand j'étais gamine. On les tenait à un centimètre l'une de l'autre et elles venaient s'embrasser avec un petit « smac ». Charlie me regarde d'un air sérieux en s'approchant, les yeux fixés sur ma bouche comme si, en effet, il voulait l'aimanter vers lui. Pendant de longues secondes, nous restons sous le charme, puis je recule involontairement, gênée par la violence de mes émotions.

– Bon Dieu, grommelle Charlie, visiblement surpris, puis il se met à rire.

– J'ai besoin de prendre un verre, dis-je.

– Ce n'est pas la seule chose dont tu as besoin, répond Charlie.

Je souris en renchérissant :

– J'espère que tu sais faire la cuisine, dis-je. Parce qu'il ne faut pas compter sur moi.

– Il y a juste un petit problème, dit-il. C'est que je dois aller jeter un œil à la maison de mon associé. Il est en déplacement, et il faut que je nourrisse ses chiens. On pourrait peut-être casser la croûte chez lui.

– Ça me va.

Il boucle son bureau et me précède en direction du petit

parking. Comme nous ne voulons ni l'un ni l'autre laisser notre voiture sur place, il m'ouvre le chemin jusqu'à la maison de bord de mer de John Powers en levant, de temps en temps, les yeux vers son rétroviseur, pour voir si je le suis bien. La bâtisse est accrochée à la falaise et, juste devant, se trouve un hangar, fermé par une barrière, qui sert de garage. Charlie s'arrête devant et me rejoint. Comme celle de Nikki, la villa surplombe l'océan à une hauteur de quinze ou vingt mètres.

Nous remontons une allée étroite par-derrière le bâtiment, et Charlie ouvre la porte de la cuisine. Les chiens de John Powers n'ont pas grand-chose pour me plaire : ils aboient et sautent partout, et leurs griffes sont aussi aiguisées que des dents de requin. En plus, ils sentent terriblement fort. L'un est noir. L'autre a la couleur d'une baleine en putréfaction échouée sur la plage depuis un bon mois. Ils sont tous les deux énormes et veulent absolument s'appuyer sur moi en se dressant sur leurs pattes arrière pour me regarder dans les yeux.

Le noir se met à me lécher la bouche.

— Hé! dis-je en m'efforçant de ne pas écarter les lèvres. Tu ne pourrais pas faire quelque chose, Charlie?

— Tootsie! Moe! Suffit! lance Charlie d'une voix autoritaire.

— Tootsie? Moe [1]? fais-je en m'essuyant les lèvres.

Charlie répond d'un petit rire. Il attrape les molosses et les traîne jusqu'à la buanderie où il les enferme. L'un des monstres se met à aboyer, et l'autre à hurler à la mort.

— C'est insupportable, dis-je. Laisse-les sortir, Charlie.

Il ouvre. Les bestioles bondissent dans la cuisine, la langue ballottante semblable à une tranche de foie. L'un des deux mastards passe dans une pièce voisine et revient, une laisse dans la gueule. Charlie m'explique qu'il faut comprendre ça comme une gentille invitation à faire un tour.

— Remarque, ajoute-t-il, si je les sors, ça va probablement les calmer. Toi aussi, peut-être.

Je réponds d'une grimace. Les clébards halètent, bavent,

1. Appellations moqueuses désignant les homosexuels.

détrempant le sol. Visiblement, il n'y a pas le choix, il faut les sortir.

Je suis la horde devant la maison. Ici et là, la pelouse est parsemée de crottes de chien. Un escalier de bois étroit descend vers l'océan le long de la falaise. Par endroits, il laisse la place à un chemin de terre ou à la roche nue. C'est un véritable gymkhana, surtout avec deux farceurs de cinquante kilos qui caracolent en tête.

— D'habitude, John revient à l'heure du déjeuner pour les faire cavaler, me crie Charlie par-dessus son épaule.

— Ça doit être bon pour sa forme, dis-je en regardant où je mets les pieds.

Heureusement, je suis en tennis. Ça n'est pas ce qui se fait de plus adhérent pour descendre cette falaise mais, au moins, je n'ai pas de talons. Sinon, j'aurais déjà fini mes jours d'un plongeon dans le Pacifique.

En bas, la plage est étroite et encombrée de rochers escarpés. Les chiens bondissent de tous côtés en jappant joyeusement, puis s'arrêtent, font les fous, se courent l'un après l'autre, ventre à terre et reviennent vers nous. Ensuite, Charlie leur lance des bouts de bois, qu'ils sont incapables de rapporter. Fatiguée, je m'assieds sur un rocher et j'attends que ça se passe.

Ça finit par se passer. Haletants, langue pendante, les bestiaux remontent l'escalier. Nous les suivons à grand-peine, le souffle court.

Dès que nous sommes dans la maison, Tootsie et Moe se jettent sur un tapis ovale, qu'ils entreprennent de tailler en lambeaux. Charlie passe à la cuisine, et j'entends presque aussitôt le bruit rafraîchissant des tiroirs à glaçons.

— Qu'est-ce que tu bois?

— Vin blanc. Chablis, de préférence. S'il y en a, bien sûr.

— Tu as de la chance, il y en a au frais.

J'avance jusqu'à la porte de la cuisine.

— Tu t'occupes d'eux souvent? dis-je en montrant les chiens.

— Une fois par mois, environ, répond-il. Ça dépend des allées et venues de John.

Il se retourne, me sourit et ajoute :

— Tu vois, je suis un brave type malgré les apparences !

Je hoche lentement la tête d'un air pensif, pour montrer à quel point je suis impressionnée. C'est vrai qu'il est sympa de s'occuper des chiens quand Powers n'est pas là. Aucun chenil ne voudrait les prendre en pension. Des morceaux pareils ! Il faudrait qu'il s'adresse au zoo. Charlie me tend un verre de chablis bien frais et se prépare un bourbon *on the rocks*. Je m'appuie au cadre de la porte.

— Dis-moi, Charlie, tu sais que Laurence Fife a eu une liaison avec la mère de Sharon Napier ?

Il me lance un regard stupéfait.

— Tu rigoles...

— Pas du tout. Apparemment, c'est arrivé un peu avant qu'il embauche Sharon. D'après ce que j'ai pu comprendre, cette « embauche » était à la fois un moyen de pression et une vengeance. D'où l'attitude qu'elle avait envers lui.

— Qui t'a raconté ces salades ?

— Qu'est-ce que ça peut bien faire ?

— Parce que tout ça m'a l'air d'un tas de conneries ! Je connaissais Laurence depuis des années et jamais je n'ai entendu parler de ça.

Je hausse les épaules d'un air un peu désabusé.

— Tu m'as dit la même chose à propos de Libby Glass.

Charlie blêmit.

— Bon Dieu ! fait-il. Ça ne pardonne pas avec toi ! Ce n'est pas une cervelle que tu as, c'est un ordinateur.

Il passe dans le living et s'installe dans un fauteuil de rotin qui craque sous son poids. Je le rejoins.

— Alors, comme ça, reprend-il, c'est pour ton boulot que tu es venue ?

— Pas du tout, dis-je. C'est même exactement l'inverse.

— Qu'est-ce que tu veux dire ?

— Que je suis venue ici pour ne plus y penser.

— Alors pourquoi ces questions ? Qu'est-ce qui te prend de te mettre à me cuisiner comme un flic ?

Je sens mon sourire s'effacer brusquement.

— C'est vraiment comme ça que tu ressens les choses, Charlie ?

Il baisse les yeux, regarde le contenu de son verre et répond prudemment :

— Je comprends que tu aies une enquête à faire. Je suis même prêt à t'y aider à chaque fois que possible. Mais, s'il te plaît, j'aimerais bien que tu évites de me questionner à tout bout de champ. Tu sais très bien l'amitié que j'avais pour Laurence et tu ne te rends pas compte de ce que tu m'imposes.

— Désolée, dis-je sèchement. Je n'ai pas l'intention de t'embêter, mais, quand on me donne des renseignements, je cherche à les vérifier. Je ne peux pas me contenter d'un seul et unique son de cloche.

— Même quand c'est le mien ?

— Qu'est-ce que tu cherches, Charlie ? Tu as envie de faire des histoires ?

— Non, non. Je veux simplement mettre les choses bien au point.

— Dis donc, mon vieux, c'est toi qui es venu me chercher ! Tu ne te souviens pas ?

— Samedi, d'accord, je suis responsable. Mais aujourd'hui ? Ce n'est pas toi qui es venue me voir ? Si c'est pour me cuisiner...

Je regarde par terre, je me sens vulnérable et blessée. Je n'aime pas me faire moucher comme ça. Je sens la moutarde me monter au nez. Fort, de plus en plus fort.

— J'ai eu une journée fatigante, Charlie. Je n'ai pas besoin de ça.

— Moi aussi, j'ai eu une journée fatigante. Et alors ?

Je pose mon verre de vin sur une table et j'attrape mon sac.

— Va te faire voir, Charlie. *Va te faire voir !*

Je retourne à la cuisine. Les chiens lèvent la tête et me regardent passer. Je suis dans une sacrée rogne. Ils baissent les yeux, ils le sentent bien. Charlie ne fait pas un geste. Je sors en claquant la porte et je vais jusqu'à ma voiture. Je démarre, je passe la marche arrière et je recule en trombe dans l'allée. Arrivée sur la route, j'aperçois la silhouette de Charlie, debout, près du garage. Je passe ma vitesse et m'éloigne à toute allure.

# CHAPITRE XXIII

Je n'ai jamais bien supporté qu'on me cherche des noises, surtout les hommes, et il me faut bien une heure pour me calmer après mon retour à la maison. Il est 8 heures du soir, et je n'ai encore rien avalé. Je me sers un grand verre de vin, je prends quelques fiches vierges, je m'installe à mon bureau, et au travail! A 22 heures, je dîne. Un sandwich de pain de mie avec de l'œuf dur coupé en rondelles, du sel et une montagne de mayonnaise. J'ouvre une bouteille de Pepsi et un paquet de chips. Mes fiches sont remplies et, en cassant la croûte, je les observe, épinglées à mon panneau d'affichage.

Apparemment, quelqu'un a fait intrusion chez les Fife le week-end où le berger allemand a été tué, pendant que Nikki et Laurence étaient à Salton Sea avec Colin et Greg. Il semble aussi que Sharon Napier ait fait des découvertes après la mort de Laurence, et c'est – peut-être – pour ça qu'elle a été tuée, elle aussi. Je fais des listes, pour classer mes informations et les idées qui commencent à mijoter dans ma tête. Je tape mes fiches à la machine et je classe tout ça par ordre alphabétique.

Je n'élimine pas totalement l'idée que Diane et Greg aient pu prendre part au meurtre de leur père, mais je n'arrive pas à leur trouver un mobile cohérent. Et pour avoir tué Libby Glass encore moins. Je place Charlotte Mercer sur ma liste. On l'avait plaquée, et ça l'avait vexée, mais je la vois mal se donnant la peine de le tuer de ses propres mains. Cependant elle aurait très bien pu avoir payé quelqu'un... Et, une fois le processus enclenché, pourquoi pas Libby Glass? Puis Sharon Napier, si Charlotte avait compris que l'ancienne secrétaire était au courant de quelque chose. Je me dis qu'il ne serait peut-être pas bête de voir avec les compagnies aériennes si le nom de Charlotte Mercer ne figure pas sur des listes de passagers à destination de Las Vegas à des dates proches de la mort de Sharon. Je n'avais pas encore songé à envisager les choses sous cet angle. Je note intérieurement qu'il faudra creuser ça. Charlie Scorsoni est toujours sur ma liste, et je me rends compte que ça me fait un drôle d'effet.

On frappe à ma porte, et je sursaute involontairement. Une décharge d'adrénaline se déverse dans mes veines. Je regarde ma montre : il est minuit passé. Mon cœur bat tellement fort que mes mains se sont mises à trembler. Je vais à la porte et je demande avant d'ouvrir :

— Qui est-ce?

— C'est moi. Charlie. Je peux entrer?

J'ouvre. Il est appuyé contre le chambranle. Son beau visage puissant a quelque chose de sérieux et de confus. Il me regarde, essayant de déchiffrer mon expression, puis détourne les yeux.

— Je viens m'excuser, dit-il. J'y ai été un peu fort avec toi, tout à l'heure.

Je ne baisse pas le regard.

— Tu avais des motifs légitimes.

Le ton de ma voix est cassant. Je sais très bien que j'essaie de lui infliger une punition. Un simple coup d'œil de sa part l'éclaire sur mon état d'esprit et ça semble lui couper tous ses effets.

— Enfin..., reprend-il. On ne peut pas discuter un peu?

Je le regarde, puis je m'écarte de la porte. Il entre et ferme derrière lui. Il s'adosse au mur, les mains dans les poches, et me regarde faire deux ou trois tours dans la pièce avant de m'asseoir à mon bureau, où je commence à décrocher mes fiches et à rassembler mes papiers.

– Qu'est-ce que tu attends de moi? demande-t-il d'un ton poignant.

– Et toi, hein? Qu'est-ce que tu attends de moi?

Je suis surprise moi-même par la violence de ma réplique. Je me ressaisis et j'ajoute en levant une main:

– Excuse-moi, c'est parti tout seul.

Désemparé, Charlie regarde par terre avec l'air de se demander ce qu'il va bien pouvoir faire maintenant. Je me lève et je vais m'installer près du divan, dans le fauteuil, en passant les jambes par-dessus l'accoudoir.

– Tu veux boire quelque chose?

Il fait signe que non, va jusqu'au divan et s'assied lourdement, la tête renversée en arrière. Ses traits me paraissent tirés, son front plissé de rides. Ses cheveux blond vénitien sont en bataille comme s'il y avait passé la fourchette de ses doigts plusieurs milliers de fois.

– Je ne sais pas comment m'y prendre avec toi, dit-il.

– Qu'est-ce que tu veux que j'y fasse? Je sais bien que je ne suis pas toujours un cadeau. Mais il faudrait comprendre, Charlie: je n'ai plus l'âge d'accepter n'importe quoi de n'importe qui. Tu trouves peut-être ça marrant, mais c'est sérieux. Pour cette fois, honnêtement, je n'arrive plus à me rappeler qui a commencé. Lequel de nous deux est responsable de cette dispute?

Il esquisse un sourire.

– En tout cas, le résultat c'est qu'on est tous les deux à cran. Tu ne penses pas qu'on pourrait essayer de...

– Hein! Essayer de quoi?

– On ne t'a jamais appris ce que c'est qu'un compromis? demande Charlie.

– Oh si, c'est quand on veut quelque chose et qu'on laisse tomber la moitié de ses objectifs. Ça m'est arrivé souvent dans ma vie. Rien de moins tentant.

Il secoue la tête avec un petit sourire las. Je le regarde. Je me sens teigneuse, incapable de céder un pouce de terrain.

– Qu'est-ce que tu cherches en me regardant comme ça ? demande-t-il.

Je ne sais pas quoi répondre, alors je ne dis rien. Il tend le bras et tapote mon pied nu comme pour attirer mon attention.

– Ce que tu peux être inaccessible, me reproche-t-il.

– Ah oui, vraiment ? J'étais inaccessible, samedi soir ?

– Kinsey, il n'y a que pendant l'amour que tu m'as laissé m'approcher un tant soit peu. Qu'est-ce que je dois faire pour que tu sois moins distante ? Te courir après en menaçant de te sauter ?

L'image me donne une folle envie de sourire, je fais tout mon possible pour le cacher, mais je sens qu'il le lit dans mes yeux.

– Pourquoi pas, Charlie ?

– Tu n'as pas l'habitude des hommes, dit-il en évitant de fixer son regard sur le mien.

Puis il se reprend :

– Pas des hommes, en fait. Tu n'as pas l'habitude d'avoir quelqu'un dans ta vie. Tu es libre comme l'air, et c'est très bien. Moi aussi, je vis comme ça. Seulement, il se passe quelque chose en ce moment. Je pense qu'on devrait faire attention.

– A quoi ?

– A notre relation, dit-il. Je ne veux pas que tu m'évacues comme ça. Tu claques la porte et tu t'en vas. C'est un comportement que je n'encaisse pas. Je te promets de faire des concessions de mon côté, mais cesse de me fuir.

Je sens que je me radoucis et je me demande si je ne l'ai pas jugé trop vite, trop durement. Avec les gens, je ne suis pas facile et je le sais.

– Excuse-moi, dis-je.

J'ai besoin de m'éclaircir la voix.

– Excuse-moi, Charlie. Je sais que je suis comme ça. Tu m'as engueulée, j'ai explosé... Je... je suis incapable de dire qui a tort et qui a raison.

Je tends une main. Il la prend et me presse les doigts. Il

186

me regarde longtemps. Il m'embrasse le bout des doigts, légèrement, doucement, sans cesser de me regarder. Je sens comme une petite flamme s'allumer au creux de mes reins. Charlie retourne ma main et applique ses lèvres au creux de ma paume. Non, je ne veux pas. Mais je suis bien obligée de remarquer que je lui laisse ma main. Je le regarde faire, hypnotisée, les sens abrutis par la chaleur qui s'empare de moi, comme une réserve de combustible sous pression. Il suffit d'une étincelle pour que tout s'embrase. Parfois moins que ça. Je sens mes yeux se fermer, ma bouche s'entrouvrir sans intervention de ma volonté. Je sens Charlie s'approcher, mais je ne me rends pas vraiment compte. Et puis, soudain, il est à genoux entre mes jambes. Il tire sur mon T-shirt. Sa bouche est sur mes seins nus. Je me sens glisser en avant, tomber. Je m'agrippe à lui, frénétiquement. Il m'empoigne par les fesses pour me relever. C'est à ce moment-là que je me rends compte du désir qu'il m'inspire. Un désir d'une violence inouïe. Je laisse échapper un son guttural. La réaction de Charlie est tout aussi primitive, et instantanée. Alors, poussant la table de côté, nous faisons l'amour sur le tapis dans la pénombre. Charlie se met à me faire des choses dont je croyais qu'elles n'existaient que dans les livres. Puis, quand tout est terminé, jambes encore tremblantes, cœur cognant à tout rompre, j'explose de rire. Le visage collé contre mon ventre, il éclate de rire à son tour.

Il est environ 2 heures du matin quand Charlie repart. Il travaille demain, et moi aussi. En me brossant les dents je me regarde, encore écarlate, les cheveux en bataille, mais aucune plénitude ne peut rivaliser avec celle qu'on ressent après qu'un homme vous a bien fait l'amour. Pourtant, il y a une ombre au tableau. Je ne me sens pas parfaitement au clair vis-à-vis de moi-même. Habituellement, j'évite tout contact physique avec les hommes liés à une enquête en cours. Et Charlie est toujours sur ma liste. Alors, qu'est-ce que ça veut dire? Jusqu'à présent, nos rapports se sont limités à l'aspect animal de la chose. Tout est physique. Est-ce que je ne serais pas en train d'essayer de le reléguer au rôle de suspect potentiel pour éviter de me mouiller dans notre relation? Pour justifier ma réticence à courir un risque? Charlie est quelqu'un de bien. Intelligent, attentionné, fin, sensuel. Qu'est-ce qu'il me faut de plus?

J'éteins la lampe de la salle de bains et je me glisse dans mon lit, qui se résume à une couette pliée en deux sur le divan. Ma peau est encore chaude et imprégnée d'effluves sexuels. J'éteins la lampe du bureau et je frissonne dans le noir en me rappelant sa bouche sur mon corps. Je sombre aussitôt dans un sommeil de plomb.

Il est 9 heures du matin quand j'arrive à mon bureau. J'ai pris une douche rapide et rien d'autre. Pas le temps d'avaler un breakfast. Je m'installe et j'appelle le service d'abonnés absents. Con Dolan a essayé de me joindre. Je compose aussitôt le numéro du poste de police de Santa Teresa et je le demande.

— Ouais? aboie l'aimable voix du policier.

A sa façon de répondre, on comprend tout de suite qu'il reçoit rarement de bonnes nouvelles par le téléphone.

— Kinsey Millhone à l'appareil.

— Ouais, répète Dolan. Qu'est-ce que vous voulez?

— Vous avez laissé un message pour moi, lieutenant.

J'ai l'impression d'entendre ses paupières cligner de surprise.

— Euh... Ah oui, j'ai eu la réponse du labo au sujet de cette lettre. Pas d'empreintes. Les analyses ne font apparaître que des taches et diverses saletés. Rien d'intéressant.

— Mince. Et l'écriture?

— De ce côté-là, ça colle, répond Dolan. Tout au moins, suffisamment pour nous satisfaire. J'ai fait étudier ça par Jimmy, et il dit que ça a tout l'air d'être bon. Qu'est-ce que vous avez d'autre?

— Rien pour l'instant. Je passerai peut-être vous voir d'ici un jour ou deux, si vous êtes d'accord.

– O.K., du moment que vous passez un coup de fil pour m'avertir.

– Je n'y manquerai pas.

Je raccroche sur cette promesse, puis je vais au balcon et je regarde la rue, en bas. Quelque chose ne tourne pas rond. J'étais pratiquement certaine que cette lettre était un faux et la voilà maintenant authentifiée, ou presque. Ça ne me plaît pas. Je retourne m'asseoir sur mon fauteuil pivotant et je me balance dessus, écoutant ses craquements déchirants. Je n'arrive pas à piger.

Je jette un coup d'œil au calendrier. Deux semaines que je travaille pour Nikki. Pourtant, j'ai l'impression de m'occuper de cette affaire depuis plusieurs siècles. Je me laisse basculer en arrière pour attraper un bloc et je fais le total des heures passées à enquêter, en ajoutant mes frais. Je tape le tout à la machine et je le glisse dans une grande enveloppe avec des copies de mes justificatifs pour l'envoyer à Nikki. Ensuite, je passe aux bureaux de la Californie Fidelity et je bavarde un instant avec Vera qui s'occupe des diverses réclamations.

Je saute le déjeuner et je ferme boutique vers 15 heures. En rentrant chez moi, je fais le crochet par le labo photo pour prendre les agrandissements de Marcia Threadgill que j'ai donnés à tirer. Je remonte dans ma voiture et je reste un moment, assise derrière le volant, à contempler les clichés en format 20 × 25. Le plus réussi représente ma fraudeuse debout sur une chaise de cuisine, les épaules ployant sous le poids de la plante qu'elle s'apprête à suspendre. Ses gros nichons pendants semblent vouloir crever les mailles de son haut ajouré. On dirait d'énormes pastèques dans un filet à provisions. L'agrandissement est tellement net que je distingue même, sur ses paupières, des miettes de mascara. Quelle grognasse... Pourtant, je ne peux pas m'empêcher de sourire intérieurement. Un sourire un peu amer. Est-ce vraiment ainsi que le monde fonctionne? Peut-être. Je ferais bien de ne pas l'oublier. Rien à faire, je dois me résigner, accepter de voir cette tricheuse de Marcia Threadgill s'en sortir.

## «A» comme alibi

Les tricheurs s'en sortent toujours. Oh, ça n'est pas une grande nouveauté, mais ça vaut la peine qu'on s'en souvienne. Je glisse toutes les photos dans ma grande enveloppe de kraft et je reprends le chemin du bercail. Aujourd'hui, je ne me sens pas d'humeur à foncer. J'ai plutôt envie de me vautrer sur un siège et de cogiter.

# CHAPITRE XXIV

J'épingle la photo de Marcia Threadgill sur mon panneau d'affichage et je la regarde. Quand j'en ai assez, j'envoie mes chaussures valser dans la pièce et je me mets à marcher de long en large. Je me suis creusé la tête toute la journée, et ça n'a rien donné. Alors, je décide de changer de divertissement. Je prends les mots croisés qu'Henry a glissés sous ma porte et je m'y attaque. Comme d'habitude, ils sont d'une difficulté effarante. Au moins, ça a le mérite de m'occuper l'esprit en m'évitant de tourner en rond. Je me crois totalement accaparée par ce passe-temps, et, pourtant, les autres circuits continuent à fonctionner sans que j'en aie conscience. Il est 7 heures du soir quand un éclair surgit de ma cervelle comme une décharge électrique.

Je cherche le numéro de Charlotte Mercer. Dès que je l'ai trouvé, j'appelle. C'est la femme de ménage qui décroche. Je lui demande de me passer sa patronne.

— Monsieur le juge et Madame sont en train de souper, me répond l'employée d'un ton fortement réprobateur.

J'insiste, sans me laisser démonter.

— Un instant, grogne-t-elle.

Je patiente, un bon moment. Puis Charlotte arrive, imbibée d'alcool, comme d'habitude.

— Qu'est-ce que cela signifie? siffle-t-elle. Je vous avais dit que...

191

– Désolée. J'ai juste besoin d'un tout petit renseignement.

– Je vous ai déjà dit tout ce que je sais, et je ne veux pas que vous appeliez quand mon mari est là!

– Je ne le ferai plus, promis. Mais juste une petite chose, dis-je rapidement en priant le ciel pour qu'elle ne raccroche pas. Est-ce que, par hasard, vous vous rappelleriez le prénom de Mrs. Napier?

Silence. J'ai l'impression de voir Charlotte, l'air ahuri, en train de regarder le combiné.

– Elizabeth, jappe-t-elle avant de me raccrocher au nez.

Je raccroche à mon tour, encore étourdie de ma trouvaille et de la manière dont elle s'est réalisée. La lettre n'était pas destinée à Libby Glass. C'est à Elizabeth Napier que Laurence Fife avait écrit, et plusieurs années auparavant. Je suis à la fois fascinée et terrifiée par ce que je subodore.

Mais, maintenant, le vin est tiré.

Je décroche à nouveau le téléphone et j'appelle Gwen.

– Allô!

– Gwen? C'est Kinsey. Je viens d'avoir du nouveau et je pense que nous devrions bavarder un peu...

– Qu'est-ce qui se passe?

– J'aimerais mieux vous voir. Est-ce que vous connaissez le restaurant *Rosie's*, près de la plage?

– Attendez, fait-elle d'un ton hésitant. Oui, je crois que je vois où c'est.

– Est-ce que je pourrais vous y retrouver dans une demi-heure? C'est important.

– Oui, bien sûr. Le temps de me changer et j'arrive.

– Merci, dis-je.

Je consulte ma montre. Il est 19 h 45. Cette fois, c'est sur mon terrain que j'ai l'intention de voir Gwen.

Pas un chat chez Rosie. L'éclairage est réduit et tout l'établissement est imprégné d'une vieille odeur de tabac froid. Vêtue d'un paréo de tissu imprimé représentant des flamants roses debout sur une patte, Rosie est installée dans un coin du bar et lit son journal à la lumière d'un petit téléviseur dont le son est réglé au minimum. Au moment où j'entre, elle lève les yeux et écarte son journal.

– Trop tard pour dîner, lance-t-elle. La cuisine est fermée. Si vous n'avez pas fait de courses, allez donc trouver Henry Pitts. Il a toujours un bon petit plat de côté.

– Merci, dis-je, mais j'attends quelqu'un, et c'est juste pour prendre un verre. Mais, dites donc, vous avez foule, ce soir !

D'un large regard circulaire, elle fait soudain le tour de la salle, comme si elle redoutait d'avoir raté l'arrivée d'un car de consommateurs assoiffés. Je marche jusqu'au bar. De près, je la vois mieux et j'ai l'impression qu'elle vient de se faire refaire sa teinture car, à travers les mèches, la peau de son crâne est légèrement rose.

– Il y a du chablis au frais ?

– Non, je ne pouvais pas prévoir, répond Rosie. J'ai juste du blanc ordinaire. Faites comme chez vous.

Je passe derrière le comptoir, je sors du réfrigérateur le grand pichet de vin blanc et je me sers un verre avant d'aller m'installer dans mon box préféré. Je m'assieds et je me prépare, comme une actrice sur le point d'entrer en scène. Il est grand temps de cesser de faire des manières avec Gwen.

Elle arrive une quarantaine de minutes plus tard, élégante, nette, efficace. Elle me salue avec gentillesse, mais j'ai l'impression de sentir une certaine tension sous sa carapace, comme si elle pressentait ce que je m'apprête à lui dire. Rosie arrive de son pas traînant et passe ma compagne en revue. Elle doit la trouver à son goût, car elle l'honore d'une question directe :

– Qu'est-ce que vous prenez ?

– Un scotch, avec de la glace. Et un verre d'eau aussi, s'il vous plaît.

Rosie hausse les épaules. Si elle accorde beaucoup d'importance à ce que les gens mangent, elle se moque totalement de ce qu'ils boivent. Mais je croise le regard de Gwen, et nous nous comprenons à ce moment-là : toutes les deux, nous nous rappelons notre première rencontre, quand elle m'a raconté l'époque où elle jouait la bonne petite épouse pour Laurence et où elle buvait du scotch. Elle ne joue plus à la bonne épouse, c'est une chose certaine. Ce que je voudrais bien savoir, c'est à quoi elle joue.

— Je reviens à mes vieilles habitudes, de temps à autre, dit-elle comme si elle lisait mes pensées.

— Pourquoi pas?

Elle me passe en revue rapidement, mais d'un œil perçant comme un laser.

— Alors? Qu'est-ce que vous avez découvert?

Question courageuse. Car, à la vérité, je ne pense pas qu'elle ait vraiment envie de le savoir.

— Je suis retournée voir Colin, dis-je. Il se souvient de vous.

Son changement d'attitude est à peine perceptible. Je n'irais pas jusqu'à dire qu'elle paraît inquiète. Non, à peine contrariée...

— Touchant, fait-elle. Ça fait pourtant des années que je ne l'ai pas vu, comme je vous l'ai dit.

Elle fouille son sac et en tire un petit poudrier, qu'elle ouvre, et se regarde dans la glace en arrangeant sa coiffure. Rosie revient avec son scotch et son verre d'eau. Je paie. Gwen boit une petite gorgée d'eau. On dirait qu'elle essaie de se contrôler et qu'elle ne se sent pas d'attaque pour reprendre la conversation où elle en était à l'arrivée de Rosie. Je la bouscule un peu pour la prendre par surprise.

— Vous ne m'aviez pas dit que vous aviez renoué avec Laurence.

Elle laisse échapper un drôle de rire qui ressemble à un bruit d'eau en ébullition.

— Quoi! Lui et moi? Vous plaisantez!

A mon grand regret, je dois couper court à son hilarité.

— Colin vous a vue à la villa de bord de mer, le week-end où Nikki était dans le Connecticut. Bien sûr, il ne m'a pas donné d'autres détails mais je n'ai pas besoin d'un dessin.

Je la vois enregistrer les données et changer son fusil d'épaule. Beau numéro d'actrice. Mais la cuirasse dont elle s'est revêtue pendant des années présente des failles à force de ne pas servir. Il y a longtemps qu'elle n'a pas été contrainte de jouer ce rôle, et elle a très légèrement perdu la main.

Je la laisse mariner. Je ne dis rien. J'ai presque l'impres-

sion de lire en elle comme dans un livre. Le terrible besoin
d'avouer et d'en finir. Elle a été très forte avec moi, elle a
brillamment remporté plusieurs manches. Mais c'est simplement parce que je ne connaissais pas encore toutes les
finesses de son jeu.

— Bon, d'accord, fait-elle d'un air grincheux, je me suis
retrouvée au lit avec lui. Mais une seule fois. Et alors,
qu'est-ce que ça fait ? Je l'avais rencontré par hasard au
*Palm Garden*. Pour un peu, je vous le racontais l'autre jour.
C'est lui qui m'a dit que Nikki était absente. Ça m'a presque
choquée au début, qu'il ose me parler comme ça.

Elle boit à nouveau. Du scotch, cette fois. Une bonne gorgée.

Elle construit sa petite histoire aussi vite que possible. Et
ça tiendrait presque debout. Je décide de forcer un peu
l'allure et je balance un autre pavé dans la mare :

— Ça n'a pas été une seule fois, Gwen. Vous aviez vraiment renoué avec lui. A l'époque, il trompait Nikki avec
Charlotte Mercer. Celle-ci a eu beau faire des pieds et des
mains pour le garder, il l'a plaquée. Elle m'en a parlé, sans
préciser pour qui il la laissait tomber. Mais, d'après mes
conclusions, c'était vous.

— Et alors ? Qu'est-ce que ça pouvait bien faire qu'il ait
une liaison avec moi ? Il faisait ça depuis des années.

Je laisse passer un silence, puis je me penche en avant et,
d'une voix aussi calme que possible, je lâche :

— Je pense que vous l'avez tué.

Son visage devient tout blanc, comme si on venait de
débrancher une prise de courant à l'intérieur de son corps.
Elle essaie de dire quelque chose, mais elle ne peut pas parler. Je me rends compte que son cerveau est en train de travailler à toute allure, mais elle n'arrive pas à trouver une histoire cohérente en si peu de temps. Elle cherche, elle lutte,
elle se débat. Je profite de mon avantage.

— Vous voulez me raconter ?

Je sens mon cœur cogner dans ma poitrine, et mes aisselles
devenir moites de sueur.

Elle secoue la tête. C'est tout ce qu'elle réussit à faire.

Brusquement, elle a l'air subjuguée. C'est une autre femme. Même son visage a changé. Elle a cette expression que les gens ont dans le sommeil, quand toutes leurs défenses sont tombées.

— On vous avait poussée à bout et vous avez craqué, dis-je en espérant que je n'en fais pas trop. Vous avez attendu que Nikki et lui soient absents, et vous êtes entrée dans la maison avec la clef de Diane. Vous avez mis les gélules remplies de laurier-rose dans le petit flacon en prenant bien garde à effacer vos empreintes, et puis vous êtes repartie.

— Je le haïssais, dit-elle, les lèvres tremblantes de nervosité.

Elle cligne des paupières, et une grosse larme s'écrase sur sa jupe comme une goutte de pluie. Elle prend une profonde inspiration, tente de se contrôler, n'y parvient pas et débite brutalement dans un flot haché :

— Il avait brisé ma vie. Il m'avait pris mes enfants. Il m'avait volé tout... tout ce que j'avais. Il m'avait insultée... trompée autant que... Mon Dieu, vous ne pouvez pas savoir... Non, vous n'avez pas idée de ce que c'était... Un salaud.

Elle attrape une serviette et se tamponne les yeux. Chose hallucinante, Rosie semble ne se rendre compte de rien. Assise derrière son bar, elle dévore les faits divers en se disant que le monde est bien laid pendant qu'une de ses clientes est en train de plaider coupable pour meurtre. A la télé passe une rediffusion d'un épisode des *Muppets*. Toujours sans le son.

Le regard vide, fixé sur la table, Gwen pousse un soupir. Puis elle saisit son verre et s'envoie une grande gorgée de scotch dans l'arrière-gorge. Je la vois tressaillir tandis que l'alcool descend le long de son œsophage pour se jeter dans son estomac.

— Je n'ai même pas eu de remords. Sauf peut-être pour les enfants. Ç'a été dur pour eux. Drôle, je ne m'y attendais pas. J'ai été étonnée. Ils étaient beaucoup mieux sans lui.

— Pourquoi avoir renoué?

— Je ne sais pas, répond Gwen en pliant et en repliant la serviette de papier. Je crois que c'était ma revanche. Il était tellement vaniteux sur ce plan-là. Je savais qu'il serait incapable de résister. J'avais eu une liaison avec un autre homme, et c'était un état de fait intolérable pour lui. Je savais que, si je lui donnais le moyen de récupérer son bien, il le récupérerait. Il avait quelque chose à se prouver à lui-même. D'autre part, il fallait qu'il me montre ce que j'avais raté. Pour une fois, j'ai pris mon pied. Il y avait une telle agressivité à fleur de peau entre nous que ça nous a procuré une jouissance perverse incroyable. J'en étais écœurée. Vous ne pouvez pas savoir à quel point il me dégoûtait. Maintenant, je peux vous l'avouer : tuer Laurence était une chose facile, et je recommencerais si c'était à faire.

Elle relève la tête, me regarde droit dans les yeux et l'énormité de ce qu'elle dit me pénètre comme un dard.

— Et Nikki ? Qu'est-ce qu'elle vous avait fait ?

— Je pensais qu'elle serait acquittée. Je n'ai jamais cru qu'elle serait condamnée. Qu'est-ce que vous auriez voulu que je fasse quand la sentence a été prononcée ? Je n'allais quand même pas me lever et prendre sa place. Il était trop tard.

— C'est aussi vous qui avez tué le chien ?

— Je n'ai rien à voir là-dedans, assure Gwen. Il s'est fait écraser le dimanche matin. J'ai ramené Diane là-bas parce qu'elle s'était rappelé l'avoir laissé dehors. Ça l'inquiétait. Il était déjà mort. Enfin, qu'est-ce que vous pensez ? Vous croyez que j'aurais été écraser un *chien* ?

Elle prend un ton scandalisé, comme si je mettais en doute son amour des animaux.

— Et le reste s'imposait de lui-même ? Le laurier-rose dans le jardin. Les gélules en haut.

— *Une* gélule, rectifie-t-elle. J'ai trafiqué une seule gélule !

— Du baratin, Gwen ! Vous êtes en train de me raconter des histoires.

— Pas du tout. Je le jure. Il y avait longtemps que j'y avais pensé, mais je ne voyais pas le moyen de le faire dans la pratique. Pour tout dire, je n'étais même pas sûre qu'il en mourrait. Diane était dans un de ces états à cause du chien ! Je l'ai amenée chez moi et je l'ai couchée. Dès qu'elle s'est endormie, j'ai pris ses clefs et je suis retournée là-bas. Voilà. C'est tout !

Elle parle avec assurance, maintenant, insolence presque. Quand on en est arrivé à ce point, il n'est plus nécessaire de prendre des gants.

– Et les deux autres ? dis-je sèchement. Et Sharon ? Et Libby Glass ?

Elle a un mouvement de recul et me regarde, les yeux écarquillés.

– Comment ? Je ne comprends pas de quoi vous parlez.

– Ben voyons, dis-je en me levant. Vous m'avez menti dès la première seconde où je vous ai vue. Comment pensez-vous encore que je puisse vous croire ?

Elle semble étonnée de mon geste et de mes paroles.

– Qu'est-ce que vous allez faire ? demande-t-elle.

– Transmettre mes renseignements à Nikki. Elle m'a payée pour ça. Elle en fera ce que bon lui semblera.

Je m'écarte de la table et je me dirige vers la porte. Gwen attrape sa veste et son sac à main puis se hâte de me rejoindre.

Dans la rue, elle me saisit le bras. Je me dégage.

– Attendez, Kinsey...

Je la regarde. Je n'ai jamais vu quelqu'un d'aussi pâle.

– Je n'attends rien ! Et, vous, vous feriez mieux de vous trouver un bon avocat. Car j'ai dans l'idée que vous allez en avoir besoin.

J'allonge le pas, laissant Gwen face à elle-même et à ses souvenirs.

# CHAPITRE XXV

Je m'enferme chez moi et je compose le numéro de Nikki, dans sa villa au bord de l'océan. Ça sonne huit fois. Pas de réponse. Je raccroche. Bizarre, je devrais éprouver une sensation de triomphe. Le sentiment que tout est terminé. Rien de tout ça. Quelque chose ne colle pas.

Il ne me faut pas bien longtemps pour savoir ce que c'est. Les deux autres meurtres. Libby Glass. Pourquoi Gwen aurait-elle tué Libby Glass? La connaissait-elle, d'ailleurs? Et Sharon Napier? Je ne vois pas du tout Gwen fonçant en voiture jusqu'à Las Vegas et l'abattant de sang-froid. Tuer Laurence, pas de problème. Elle devait en rêver depuis des années. Se titiller avec cette idée. Peut-être même sans réaliser qu'un jour elle en arriverait à le faire pour de bon.

Et puis, tout à coup, une deuxième faille me saute aux yeux. Depuis le début, je m'imagine que les trois meurtres ont un seul et même auteur. Mais... Si quelqu'un avait sauté sur l'occasion du meurtre de Laurence Fife pour faire passer celui de Libby au compte de la même personne? Dates proches. Même méthode. Pas compliqué.

Je pense à Lyle. Il a vu Libby trois jours avant sa mort. Je sais aussi qu'il était au courant de la mort de Laurence Fife. Bien sûr, ce garçon n'est pas un cerveau, mais c'est à la portée de tout le monde d'imiter l'idée de quelqu'un d'autre, même en étant stone.

J'appelle le service des abonnés absents.

– Je pars pour Los Angeles, dis-je. Si Mrs. Nikki Fife m'appelle, donnez-lui le numéro du motel *Hacienda* et dites-lui qu'elle essaie de m'y contacter de toute urgence. A elle et à personne d'autre. Je vous rappellerai pour prendre connaissance des messages. Si d'autres personnes téléphonent, répondez simplement que je suis absente, et que vous ignorez où je me trouve. Vous avez bien compris?

– Tout à fait, Miss Millhone, dit l'employée d'un ton rassurant.

Et elle raccroche. Bon Dieu, si je lui avais dit : « Qu'on ne me dérange pas, je suis en train de me faire hara-kiri », elle aurait sans doute répondu : « Tout à fait, Miss Millhone. » Sur le même ton rassurant et avec la même bonne volonté.

Le trajet jusqu'à Los Angeles me fait le plus grand bien. Il me rassérène. Il est plus de 9 heures du soir et il n'y a guère de circulation sur la route. Ça a quelque chose de reposant, et je n'ai aucun souci à me faire pour quoi que ce soit, si ce n'est d'avoir un accident et de me faire tuer.

Je passe la grosse colline ronde et je descends vers Thousand Oaks. La circulation augmente un peu. Un alignement de mobil-homes puis, tout au bout de l'agglomération, un rassemblement de petits centres commerciaux. L'air de la nuit est humide, et je roule toutes vitres baissées. Je tends la main vers la banquette arrière et je cherche ma mallette. Je l'ouvre. Je prends mon petit automatique, que je glisse dans la poche de mon blouson. Au passage, je sens sous ma main une petite liasse de papiers. Je risque un coup d'œil. Les factures de Sharon Napier. Je me rappelle les avoir fourrées dans mon coupe-vent en filant de chez elle. Il faudra que je regarde ça à tête reposée. Il y a peut-être des choses intéressantes à y trouver. A la clarté glaciale de l'éclairage public, je consulte ma petite montre : 22 h 10. Encore trois quarts d'heure de route. Peut-être plus si les routes secondaires sont encombrées quand j'aurai quitté le freeway.

Mes pensées errent où bon leur semble. Lyle Abernathy savait que j'allais à Las Vegas. Si c'est lui le coupable, je ne vois pas bien ce que Sharon vient faire là-dedans. L'hypothèse d'un chantage me paraît encore la meilleure. Peut-être que Libby Glass était tombée sur des informations compromettantes. Mais comment? A moins que Lyle et Sharon n'aient été de connivence. C'est peut-être Sharon qui a donné la lettre à Lyle, lequel l'a *placée* dans les affaires de Libby pour m'induire en erreur. Auquel cas, je me serais lourdement trompée en supposant qu'il venait la soustraire. Il savait que j'allais repasser à Los Angeles pour fouiner dans les affaires de Libby. Il aurait pu descendre Sharon, foncer pour me précéder, et même arriver largement en avance sur moi, puisque j'ai fait le crochet pour passer voir Diane.

Puis le cours de mes idées change à nouveau de direction, et je songe avec un petit sourire au lieutenant Con Dolan. Il était tellement sûr que Nikki avait tué son mari. Tellement satisfait de son enquête et de ses déductions. Il faudra que je pense à lui passer un petit coup de fil quand je serai de retour.

De nouveau je pense à Lyle. Je n'ai pas l'intention d'aller le trouver cette nuit. Il n'est certainement pas aussi malin que Gwen, mais, lui, il risque d'être dangereux. Si c'est lui bien entendu. Maintenant, je préfère éviter non seulement les conclusions, mais aussi les hypothèses hâtives.

Il est 23 h 5 quand j'arrive à l'*Hacienda*. C'est la mère d'Arlette qui est à la réception : elle fait le double de volume de sa fille. Les formalités remplies, je mets directement le cap sur la chambre n° 2 et je me couche.

Après une bonne nuit de sommeil, une bonne douche puis un bon breakfast, je me sens en pleine forme. Je reviens du restaurant, à l'angle de Wilshire et de Bundy, et je découvre une Arlette en ébullition qui attire mon attention en agitant un gros bras potelé derrière son comptoir.

– Une femme vous demande au téléphone! Elle fait un foin du tonnerre! Il a dû se passer quelque chose de grave. Heureusement que vous êtes là.

Je n'ai jamais vu Arlette aussi excitée depuis le jour où elle a découvert qu'on faisait des collants pour « femme forte ».

Je fonce dans le bureau, Arlette haletante sur mes talons. Le combiné est posé sur la table. Je le saisis.

– Allô!

– Kinsey! C'est Nikki.

Le ton de sa voix me fait frémir. Machinalement, j'explique :

– J'ai essayé de vous joindre hier soir, mais...

Elle me coupe :

– Gwen est morte.

– Non! Je l'ai interrogée hier soir, dis-je d'une voix blanche.

Et puis, soudain, je pense : « La vache, elle s'est suicidée. Oh, merde... »

– C'est arrivé ce matin, reprend Nikki. Elle était en train de faire son jogging sur Cabana Boulevard. Un type l'a renversée en voiture avant de prendre la fuite.

– Non? Ce n'est pas possible... Vous êtes sûre?

– Absolument. Je viens de l'apprendre à la radio. J'ai voulu vous avertir tout de suite, et je suis tombée sur les abonnés absents. Qu'est-ce que vous fabriquez à L.A.?

Je réfléchis à toute allure.

– J'ai quelque chose à vérifier ici. En principe, je serai à Santa Teresa ce soir. Essayez de voir si vous pouvez obtenir des détails sur la mort de Gwen.

– Comment?

– Appelez le lieutenant Dolan à la Criminelle. Dites-lui que vous le contactez de ma part.

– La Criminelle? fait-elle, éberluée.

– Il est flic, Nikki. C'est tout. Il doit être au courant.

Et puis, je songe qu'il vaut mieux lui dire franchement ce que je pense :

– Ce n'est peut-être pas un accident. Essayez de lui tirer les vers du nez. Je vous rappellerai.

– Bon, O.K., fait Nikki avec un manque de conviction évident. Je vais voir ce que je peux faire.

Je sens qu'elle est très émue, mais que l'idée d'aller rendre visite à Con Dolan ne la remplit pas de joie.

– Merci, dis-je en raccrochant.

– Quelqu'un est mort ? fait Arlette. Quelqu'un que vous connaissiez ?

Je la regarde droit dans les yeux, mais je ne la vois pas. Pourquoi Gwen ? Qu'est-ce qui s'est passé ?

Arlette me suit jusqu'à ma chambre.

– Ça va, Kinsey ? Est-ce que je peux faire quelque chose ? Vous êtes toute pâle !

Je lui referme la porte au nez. Devant moi, j'ai l'image de Gwen, debout, livide, devant le *Rosie's*. La dernière image de Gwen. Est-ce que c'est un accident ? Impossible de faire le point. Les choses vont trop vite. Quelqu'un est en train de paniquer et de descendre tout le monde. Qui ? Pourquoi ? Je n'y comprends plus rien.

Une hypothèse me traverse l'esprit puis s'envole. Je reste immobile comme une statue. Je fais un retour en arrière au ralenti pour la retrouver, comme dans un reportage sportif. Peut-être que j'ai raison. Peut-être que je me fous complètement dedans. Ça va se décanter. Bientôt, tout sera clair.

Je balance tout ce que j'ai sur le siège arrière de ma Volkswagen sans même repasser à la réception. J'enverrai un chèque par la poste.

Clin d'œil à l'esprit 1982 Poteaux Absalon has des yeux

— Je renonce donc dans les yeux, mais je ne le vois pas
bouger. Quand il l'a fait — qui s'est passé.

— Aucune preuve peut-être clabaud.

Cette battue, Théo y croit je pense bien de celui-ci ?
Vous êtes quelle point.

— Je lui réponse... point au fait. Durant tout l'un village de
l'aurez debout, raide, devant le toiture. La remettre tonne
en haut, la re-tient que c'est un gredin ? Impossible de faire
y point. Les choses vont tourner, l'un qui en est en train de
prendre et de descendre vers le second. On l'Fauconnir, je
m'imagine, puis pour...

Une hypothèse me traverse l'esprit, puis s'établit. Je note
aussitôt comme une victime. Je lui un coeur un arrière en
marche pour la première. Voyons dans un approche sportif,
l'autre un crapaud raison. Réaction que je me fraie complètement défaite. Car je se victorise. Résulte, toujours, ainsi
je ne vois qui ce que l'était le faire arrière de ses voiles
... quand même, je n'aurais à la séparation ? L'avertir un,
ébauche par les yeux.

# CHAPITRE XXVI

Ça n'a rien donné, chez Lyle Abernathy. Il n'a pas l'assurance ni l'intelligence de Gwen et, surtout, il n'a pas son courage. Face à la gueule menaçante de mon petit automatique, il m'a avoué ce qu'il avait sur la conscience. C'est lui qui a tué Libby Glass. Mais pas du tout volontairement. Le samedi, ils se sont disputés, et Lyle a quitté Libby après lui avoir administré une gélule de sédatif. Celle qui contenait la poudre de laurier-rose. Seulement, il l'ignorait.

Je le crois. Ce type est trop nul pour avoir inventé cette histoire et, surtout, il était mort de trouille devant mon arme. Je le sentais incapable de mentir. Il est revenu un peu plus tard chez Libby pour se réconcilier avec elle et, l'ayant trouvée morte, il a compris. Il a emporté le flacon de médicament et a effacé toutes ses empreintes de l'appartement. Voilà ce qu'il me cachait depuis le début. Rien d'autre.

C'est avec le sentiment de revenir à la case départ que j'entre dans le bureau de Garry Steinberg chez Haycraft & McNiece.

Garry est là, souriant, une liasse de courrier encore fermé sur son bureau.

– Café? propose-t-il.

– Merci, tout va bien. Je passe simplement en vitesse pour essayer d'étayer une petite idée que j'ai derrière la tête.

– Annoncez la couleur.

– Vous ne m'aviez pas dit que le dossier Fife était en cours de préparation pour son informatisation?

– Exact, dit Garry. Ça nous simplifie considérablement le travail. Surtout au moment des impôts.

– Et si les registres de comptes avaient été trafiqués?

Il marque un temps de silence puis traduit ma remarque dans son langage de spécialiste :

– Des faux en écriture?...

Je souris avec un brin d'ironie.

– En quelque sorte. Ça serait certainement apparu à l'occasion de cette mise en fichier informatique.

Garry réfléchit un instant.

– Tout dépend de la manière de faire.

– Est-ce que Libby Glass aurait pu s'en apercevoir?

– Très possible. Elle avait le nez pour ça. Dans ce cas, il aurait fallu qu'elle retrace les dividendes de nos clients en consultant le *Moody's Dividend Book*, qui indique le montant des dividendes pour chaque catégorie de professions libérales. Ensuite, si une anomalie lui était apparue, il aurait fallu qu'elle demande des doubles d'actes d'enregistrement de transactions, de relevés de comptes bancaires, de chèques annulés, etc.

– Je vois... Lyle Abernathy m'a raconté que justement le téléphone n'arrêtait pas de sonner à cette époque, des invitations à dîner avec un avocat... Finalement, la petite idée qui m'est venue, c'est que Charlie Scorsoni avait tout simplement voulu devenir son amant en espérant qu'elle le couvrirait.

Garry marque le coup puis risque :

– Il lui a peut-être proposé une commission.

– Vous pensez qu'elle aurait accepté?

Il hausse les épaules.

– Allez donc savoir! Quand il s'agit de grosse galette...

Je regarde le sous-main de son bureau.

– Oui, bien sûr, allez donc savoir... Tout le monde racontait qu'elle avait une liaison avec un avocat de Santa Teresa, et je me suis mis dans le crâne que c'était avec Laurence Fife, parce qu'ils sont morts de la même manière. Si je ne me trompe pas au sujet de cette falsification des registres, il va me falloir des preuves. Vous avez toujours les dossiers ?

— Je les ai rapportés ici. J'avais l'intention d'y jeter un coup d'œil pendant mon heure de déjeuner. Maintenant que vous en parlez, je suis à peu près sûr qu'elle faisait un travail de recherche sur ce dossier juste avant sa mort, parce que la police a retrouvé son attaché-case chez elle.

Il me lance un regard curieux et ajoute :

— Qu'est-ce qui vous a orienté sur Scorsoni ?

— Je ne sais pas trop. Ça m'est venu comme ça. Et ça colle. Charlie m'a dit que Fife avait fait un voyage à Los Angeles la semaine précédant sa mort. Je pense que c'est faux. Que c'est lui qui est allé à L.A. Et quelques jours après la mort de Laurence Fife. Libby Glass avait un flacon de gélules sédatives. Je suis persuadée qu'il en a trafiqué quelques-unes. Peut-être toutes. Ça, c'est une chose qu'on ne saura probablement jamais.

— Mon Dieu, murmura Garry. Il a tué son associé et ensuite sa maîtresse...

Je secoue la tête.

— Non, pas Fife. Lui, je sais qui l'a tué. Mon idée est que Charlie a vu là un moyen de faire disparaître toute preuve contre lui. Libby avait peut-être refusé de marcher dans son jeu. Peut-être même avait-elle menacé de le dénoncer. Le hic, c'est que je n'ai pas l'ombre d'une preuve.

— Ça va venir, dit Garry. Si elle est dans ces paperasses, je la trouverai, croyez-moi. Je m'y mets dès midi.

— Merci, Garry. Merci beaucoup.

— A bientôt, dit-il en me tendant la main par-dessus son bureau.

Je retourne à Santa Teresa, refusant délibérément de penser à Gwen. Penser à Charlie Scorsoni est déjà assez déprimant comme ça. Il va falloir que je vérifie son emploi du temps au moment de la mort de Sharon Napier. Il a facilement pu quitter son hôtel à Denver, sauter dans un avion pour Las Vegas, trouver mes coordonnées par le service des abonnés absents puis mon hôtel et, ensuite, me filer le train jusqu'au *Fremont*. Je repense à Sharon quand je l'ai rencontrée au bar. Soudain elle avait eu l'air de reconnaître quelqu'un, mais elle m'avait dit que c'était le directeur de salle qui lui faisait signe de reprendre le travail. Je suis sûre qu'elle m'a menti. C'était peut-être Charlie Scorsoni qui arrivait, mais il a fait demi-tour en voyant que j'étais avec elle. Je suis pratiquement certaine que cette fille lui soutirait de l'argent. Mais, là encore, il va me falloir des preuves. Sharon devait savoir que Laurence Fife n'avait jamais eu de liaison avec Libby Glass. C'est Charlie qui faisait les déplacements à Los Angeles pour discuter des comptes. Sharon avait dû la boucler pendant le procès pour attendre son heure. Peut-être même avait-elle établi un petit dossier personnel à l'aide des renseignements qu'elle avait pu recueillir. Il est également possible que Charlie Scorsoni ait ignoré ses coordonnées et qu'en me suivant il ait découvert où elle habitait.

Si c'est Charlie qui s'est débarrassé de Gwen en la renversant avec sa voiture, il doit y avoir des moyens de le savoir : cheveux, sang, fibres textiles sur l'aile de la voiture, traces de peinture ou débris de verre sur les vêtements de Gwen. Peut-être même y a-t-il un témoin quelque part. Pas très malin de la part de Charlie. Il aurait été beaucoup plus sage de ne rien faire. Après toutes ces années, je suis sûre qu'il aurait été impossible d'établir contre lui un dossier d'instruction suffisant pour l'incriminer. Si c'est lui le coupable de tout ça, c'est son arrogance qui l'aura perdu. Son orgueil. Il se croit trop malin pour être pris un jour. Trop fort. Mais personne n'est assez fort pour supprimer tout indice. Personne. Surtout pas toi en ce moment, mon beau Charlie. A la vitesse où tu vas, tu as forcément fait quelques erreurs. La première est de m'avoir séduite. Tu m'as prise pour une novice. Comme Libby Glass. Dans son innocence et dans sa jeunesse, elle avait un peu plus d'excuses que moi pour se laisser culbuter par toi, espèce de salaud. Moi, j'ai craqué parce que tu me plaisais, tout simplement. Maintenant, il faut jeter l'éponge sur ce qui s'est passé. Raisonner froidement sans céder à l'émotion ni au sentiment.

Arrivée à Santa Teresa, je fonce droit au bureau en emportant les factures de Sharon Napier. Pour la première fois depuis le début de l'enquête, je pense que ces papiers peuvent avoir une importance pour moi. Je les passe en revue avec une curiosité détachée qui en arrive à me faire frémir. Maintenant qu'elle est morte, il y a quelque chose d'un peu indécent à noter qu'elle a acheté de la lingerie et des produits de beauté dont la facture est restée impayée. Beaucoup de réclamations pour retard de paiement : kinési, club de gym, impôts. Des avertissements de chez Visa et American Express. Sans l'ombre d'un doute, elle faisait des démarches pour récupérer sa carte le plus vite possible. Mais, le plus révélateur, c'est la facture détaillée du téléphone. Trois appels pour la circonscription de Santa Teresa. Ce n'est pas énorme en un mois, mais ça n'est pas négligeable non plus. D'autant que deux de ces appels demandaient le bureau de Charlie Scorsoni le même jour et à dix minutes d'intervalle. Il me faut quelques minutes de recherche pour identifier le troisième. Le numéro est celui de la propriété de John Powers.

Sans me laisser le temps de réfléchir – et donc d'hésiter – j'appelle Ruth à l'étude Scorsoni & Powers. Pourvu que Charlie ne soit pas là, sinon il va falloir que je trouve au plus vite une salade à raconter. Car c'est à Ruth que je veux parler. Pas à Charlie.

– Scorsoni & Powers, fait-elle d'une voix chantante.

– Bonjour, Ruth, c'est Kinsey, dis-je d'une voix enjouée. Est-ce que Charlie est là ?

– Désolée, Kinsey, répond-elle, l'air authentiquement sincère. Il plaide pendant deux jours à Santa Maria. Vous n'êtes pas au courant ?

Je respire un grand coup.

– Non... Je... je me suis absentée aussi. Je suis rentrée plus tôt que prévu. Dites-moi, Ruth, vous allez peut-être pouvoir me répondre à la place de Charlie. Je suis justement en train d'éplucher quelques factures pour une cliente, et il se trouve qu'elle a eu des rapports professionnels avec lui. Est-ce que vous vous rappelleriez, par hasard, un coup de fil datant de six à huit semaines? En inter. La cliente s'appelle Sharon Napier.

– Ah, mais c'est cette fille qui avait travaillé pour lui! Je me souviens très bien. Qu'est-ce que vous voulez savoir?

– Eh bien, d'après ce que j'ai sous les yeux, je ne peux pas dire si elle a pu obtenir la communication avec Charlie. Elle aurait appelé un vendredi, le 21 mars. Est-ce que ça vous dit quelque chose?

– Absolument, dit Ruth d'une voix professionnelle. Elle l'a demandé, et il était dans la maison de maître Powers. Elle a insisté. J'ai donc téléphoné à maître Scorsoni pour savoir si je pouvais communiquer son numéro. Quand Sharon Napier m'a rappelée, je lui ai donné le numéro. Et, mais... dites donc, elle ne vous a pas engagée pour lui faire des ennuis, j'espère?

Je ris.

– Enfin, Ruth, comment pouvez-vous penser que j'accepterais un travail portant préjudice à Charlie? J'ai également trouvé le numéro de maître Powers et je me suis dit qu'elle avait aussi essayé de le joindre.

– Pas du tout, dit Ruth. Maître Scorsoni était chez maître Powers. Je vous l'ai dit. Il s'occupe des chiens de temps à autre.

– Je sais, merci, dis-je d'un ton détendu. Vous êtes bien aimable, Ruth. Maintenant, il me faudrait un tout petit renseignement concernant ce voyage à Tucson.

– A Tucson? fait-elle.

Le ton de Ruth a brusquement changé. C'est ce ton protecteur des secrétaires qui sentent que quelqu'un veut obtenir un renseignement qu'il devrait ignorer.

– Qu'est-ce que vous voulez au juste, Kinsey? Je pourrai peut-être vous aider si vous me dites ce que ça a à voir avec votre cliente, mais sinon... Vous savez que maître Scorsoni est particulièrement tatillon sur ce genre de chose!

– Mais ça n'a rien à voir. Tant pis, aucune importance. J'appellerai Charlie à son retour, et je le lui demanderai.

– Euh... Je peux vous donner le numéro de son motel à Santa Maria, si vous voulez l'appeler tout de suite.

Visiblement, cette brave Ruth veut ménager la chèvre et le chou. M'aider si ma demande est légitime. Ne pas trahir Charlie, si j'essaie de lui extorquer un renseignement que je n'ai pas à connaître.

Je note soigneusement le numéro qu'elle me communique, tout en sachant parfaitement qu'il ne me servira jamais. Et maintenant ? Dire à Ruth de ne pas parler de mon coup de fil ? Dangereux. Très dangereux. Il vaut mieux espérer que Charlie ne téléphonera pas à son bureau pour prendre connaissance des coups de fils reçus dernièrement. Si Ruth l'informe de l'objet de mon appel, il va comprendre immédiatement que je suis sur sa piste, et j'ai dans l'idée que ça risque de ne pas lui plaire.

J'appelle Con Dolan à la Criminelle. Il est sorti. Je laisse un message :

— Qu'il rappelle Kinsey Millhone dès son retour. Important, souligné deux fois. Merci.

Puis j'essaie de joindre Nikki. Heureusement, elle est là.

— Alors, dis-je, comment ça va ?

— Encore secouée par la mort de Gwen, mais ça va bien. Je ne sais pas trop ce que je dois faire à ce propos. Je ne la connaissais pas vraiment bien, c'est bête, mais...

— Est-ce que vous avez eu des détails par Dolan ? Je viens de lui téléphoner. Impossible de le joindre.

— Il ne m'a pas dit grand-chose, répond Nikki. Ce type est d'une grossièreté ! C'est encore pire que dans mon souvenir. Il n'a pas voulu me donner de détails, sauf que la voiture était noire.

— Noire ? dis-je, stupéfaite.

Je savais très bien que la Mercedes de Charlie était bleu clair. Je ne m'attendais pas à ce qu'il y ait quelque chose qui cloche.

— Vous êtes sûre ?

— C'est ce qu'il m'a dit, réplique Nikki. Je suppose que les inspecteurs de police sont en train de visiter les garages et les ateliers de carrosserie. Jusqu'à présent, ça n'a pas l'air d'avoir donné grand-chose.

— Bizarre, bizarre..., dis-je pour moi-même plus que pour Nikki.

D'ailleurs, elle ne relève pas.

— Je vous invite à prendre un verre? propose-t-elle. J'aimerais être informée.

— Désolée, mais je n'ai pas le temps. Il faut encore que j'essaie de faire coller quelques morceaux ensemble. Et vous allez peut-être pouvoir m'aider. Vous vous souvenez de cette lettre que je vous ai apportée?

— La lettre à Libby Glass? Evidemment.

— Eh bien, maintenant, je suis presque certaine qu'elle était écrite pour Elizabeth Napier.

— Non? Oh, quelle honte. Oui... vous avez raison, c'est bien possible. Quel scandale! Mais ça se pourrait bien. Charlotte Mercer m'avait bien parlé de quelque chose, mais sans me donner de nom. Mon Dieu... Ça doit remonter à l'époque de Denver, juste après la fac de droit.

J'hésite.

— Est-ce que vous pourriez avoir une idée de qui était au courant de l'existence de cette lettre? Enfin, qui aurait pu mettre la main dessus? Gwen, par exemple, ça vous paraît possible?

— Possible, bien sûr, dit Nikki. Mais je suis sûre que c'est Charlie. Au moment du divorce Napier, il n'était pas encore l'associé de Laurence. Il travaillait pour le cabinet juridique qui représentait le mari au cours de ce divorce. Et, d'après ce qu'on m'a raconté, il a fauché une lettre.

— Quoi?

— Il a volé une lettre. Je suis sûre que c'est vrai. Mais, je ne vous ai donc jamais raconté ça? Charlie a fauché la lettre, la seule preuve d'adultère. C'est comme ça qu'ils ont réussi à régler l'affaire à l'amiable. Et, en plus, ça évitait à son ami Laurence d'être compromis.

— A votre avis, Gwen aurait-elle pu témoigner de tout ça?

— Comment voulez-vous que je vous réponde? Je ne suis pas le service du district attorney. Comment voulez-vous que je devine ce que savait Gwen?

— De toute manière, dis-je, elle ne risque plus de beaucoup parler à l'heure qu'il est.

Silence gêné, puis :

— Oh, c'est horrible ce que vous dites là...

— Je vous en dirai plus de vive voix. J'aimerais vous voir dans quelques heures. Je passerai un coup de fil pour être sûre que vous êtes là.

— On ne bouge pas, assure Nikki. Je suppose que vous êtes en train de progresser.

— A toute allure.

Je me dépêche de lui dire au revoir. Elle me salue, étonnée. Nous raccrochons.

Je sors ma machine à écrire et je note tout en long, en large et en travers. Pendant que j'établis mon rapport, une autre zone d'ombre s'éclaire. Ce n'est pas Lyle qui s'est introduit dans la cave des Glass, c'est Charlie. Et il l'a fait pour glisser la lettre dans les affaires de la morte en espérant que je la trouverais. Comme ça, il pouvait utiliser sa petite histoire de liaison entre Laurence Fife et Libby Glass. Ça explique aussi le pourquoi de la clef de l'appartement de Libby dans le trousseau de Laurence. D'autant que le porte-clefs a été trouvé au bureau. Je suis crevée, mais je continue à taper. Je sens qu'il faut que j'aille jusqu'au bout de mon histoire avant de passer à la phase suivante. Ces feuillets sont une sorte de garantie pour moi, une assurance sur la vie, on ne sait jamais.

Je n'arrive pas à dire si toutes ces précautions sont vraiment nécessaires. C'est peut-être superflu, après tout, je ne risque pas grand-chose. La suite prouvera le contraire.

# CHAPITRE XXVII

Mon rapport terminé, je le boucle dans le tiroir de mon bureau. Je prends ma voiture et je mets le cap sur Missile Avenue où habite Charlie. Tout est fermé. Je remonte l'allée. Pas de voiture au garage. Je retourne à ma Volkswagen et je m'adonne à l'une de mes activités favorites : m'installer au volant. Soudain, je m'aperçois qu'il commence à faire nuit. Je regarde ma montre et je constate avec étonnement qu'il est 18 h 45. Si seulement je pouvais trouver à qui appartient cette voiture noire qui a tué Gwen... Mais pas l'ombre d'un début de soupçon d'indice.

N'ayant rien de mieux à faire, je décide d'aller prendre un verre avec Nikki, comme prévu. Je fais demi-tour et je remonte Missile Avenue jusqu'au freeway, en direction du nord. Je sors à La Cuesta et je longe la côte. Après la traversée de Horton Ravine, je passe devant la maison de John Powers. Pratiquement sans m'en rendre compte. Il faut dire que, la seule fois que j'y suis venue, je suis arrivée par l'autre côté. C'est en apercevant un bout de toit, presque au niveau de la route, que j'ai une idée. Je freine brutalement et je m'arrête sur le bas-côté. J'ai le sentiment d'approcher du but. Mon cœur cogne vite dans mes tempes, tellement je suis excitée. Je coupe le contact, je prends ma torche électrique dans la boîte à gants, je glisse mon petit automatique dans la poche de mon jean et je quitte la voiture. Il fait complètement nuit maintenant et il y a peu d'éclairage, à part quel-

215

ques lampes de jardin disséminées ici et là qui font des petits ronds de lumière dans l'obscurité.

Pas de trottoirs, juste un entrelacs de lierre rampant sur le sol. Les maisons sont très éloignées les unes des autres et sont séparées par des portions de terrain boisé. Les grillons se sont mis à chanter.

Je descends lentement la route en direction de la maison de Powers. Pas de lumière derrière les fenêtres. Je m'engage dans l'allée en m'éclairant à l'aide de ma torche. Si Powers est absent et que Charlie est à Santa Maria, je me demande qui s'occupe des chiens.

La nuit est calme. En bas, j'entends le ressac de l'océan sur la plage et les rochers. Le firmament brumeux diffuse une vague lueur. Le pinceau de ma lampe illumine soudain une planche de bois blanc : la barrière qui ferme le hangar faisant office de garage. Derrière, se trouve la voiture de John Powers, l'avant tourné vers le fond de l'abri. Je l'éclaire. Elle est noire, comme je m'y attendais. Un cadenas boucle la barrière, mais je fais le tour du hangar et je braque ma torche sur l'avant du véhicule. C'est une Lincoln. Je ne saurais pas dire quel modèle, mais je sais qu'elle est récente. L'aile gauche est intacte. Cœur battant, je me déplace un peu et je vois la droite. La tôle est enfoncée, le phare est cassé, des morceaux de métal ont été arrachés. Même le pare-chocs est légèrement bosselé. Je n'ose pas imaginer l'état du corps de Gwen après l'impact.

Et, juste à cet instant, j'entends un hurlement de freins au-dessus de moi sur la route. Puis des pneus qui crissent sur l'allée d'accès, la lumière blanche des phares. Je m'accroupis instinctivement, en éteignant ma lampe. Si c'est Charlie, je peux faire ma prière. J'aperçois du bleu. C'est lui. Pas de chance. Il a appelé Ruth. Il est revenu. Les phares de la Mercedes sont braqués droit sur le hangar. Seule la voiture de Powers m'empêche d'être vue. J'entends la portière claquer. Je déguerpis.

Je cours comme une folle, traversant le jardin. Dans mon dos, j'entends le halètement des chiens qu'il a lancés sur mes traces. Je m'engage sur l'étroit escalier de bois. Je rate une marche et j'en dévale plusieurs. Les chiens s'élancent en grognant. J'entends le bruit de leurs griffes sur le bois. Je relève la tête. Le noir est juste au-dessus de moi. Sans réfléchir, je tends la main et j'attrape une des ses longues pattes avant. Je tire, brutalement, de toutes mes forces. La sale bête pousse un petit jappement de stupeur et s'envole, les quatre pattes écartées, roulant le long de la falaise escarpée. L'autre, une saloperie de cinquante kilos, s'élance dans l'escalier en faisant trembler les marches de bois. J'entends le noir qui essaie de se rattraper frénétiquement sur le flanc abrupt de la falaise. J'ai l'impression qu'il ne trouve pas de prise et que ses griffes dérapent sur le roc.

Je sors mon pistolet de ma poche, prête à tout pour sauver ma peau. Il y a belle lurette que ma torche électrique a valsé dans la nature.

Mais le chien noir a trouvé une prise. Il remonte et fonce sur moi. J'attends. Sans avertir, je lui balance un grand coup de crosse en pleine truffe. Il pousse un couinement de douleur. Ce monstre est impressionnant mais il n'a visiblement pas été dressé pour l'attaque. J'ai un gros avantage sur lui : je sais qu'il constitue un danger pour moi, et lui en est encore à se demander pourquoi je suis si méchante. Il recule et aboie. Il faut que je me décide rapidement. Au nord, le long de la mer, la falaise est trop abrupte et domine la côte pendant des kilomètres, avec juste l'interruption de Harley Beach. Trop isolé pour que j'y trouve de l'aide. Et, de toute façon, le chien me coupe la route.

Si je prends à droite, je finirai par trouver la plage qui arrive en ville. Je commence à reculer. Puis je dévale le rocher à toute allure. Le chien noir n'a pas bougé. Il est toujours en train de hurler quand je sens mes pieds entrer dans l'eau. Pas trace de l'autre chien. Je me retourne, levant bien haut mon pistolet, et je patauge dans l'eau. La vague suivante éclate au niveau de mes genoux et me trempe jusqu'à la taille. Le choc, la stupeur, m'arrachent un halètement. Je relève la tête et, cette fois, j'étouffe un petit cri. C'est Charlie que j'ai vu là-haut. Il a tout allumé dans le jardin, et je vois sa silhouette puissante se découper dans la lumière. Je me propulse en avant, avec de l'eau jusqu'à la ceinture, terrorisée. Est-ce qu'il me voit? Je sais que les chiens n'ont pas pu me suivre jusque-là. Je trébuche sur un rocher glissant, une masse de granit tombé dans la mer. J'arrive à le franchir, handicapée par mon jean trempé.

Je regarde en haut. Charlie n'est plus là. Je comprends tout à coup. Il est remonté et a approché sa voiture pour éclairer la mer. Je fonce en avant en direction de Ludlow Beach, derrière la pointe. Je sais que la plage ferme à 20 heures. Je m'écorche les mains, les jambes contre les rochers coupants. Mon genou gauche me fait mal. Je n'en peux plus, le sel me brûle. Je sens la chaleur du sang, qui coule dans la jambe de mon jean. Je suis trempée, glacée, et pourtant ma bouche est sèche comme un parchemin. D'un geste machinal, je m'essuie les lèvres avec le revers de la main. Ça pique, à cause du sel.

Enfin, voici la plage. Le terrain devient plus plat, plus souple sous mes semelles. Toujours pas de chien à l'horizon. Je suis à bout de souffle. Les poumons me brûlent. J'ai l'impression que mon cœur est un battant de cloche qui cherche à me défoncer la poitrine.

Je sors de l'eau et je remonte la dune, qui se fond un peu plus loin avec la pente douce de la colline. Le parking est là-haut, juste derrière, je le sais. A cette heure, il devrait être fermé par des chaînes. J'utilise mes dernières forces pour grimper dans ce sable mou qui se dérobe sous mes pieds. Et, brusquement, je m'arrête. Mon cœur rate un battement. De nouveau, la trouille s'empare de moi. La 450 SEL bleu pâle de Charlie est là, sur le parking.

Pas d'autre véhicule sur cette grande étendue d'asphalte noir. Les phares inondent la palmeraie de leur faisceau blanc. Impossible de passer sans qu'il me voie. Et où est-il, d'ailleurs? Assis dans sa voiture à scruter la nuit avec ses jumelles? Ou bien dans les palmiers, là-bas, beaucoup plus près de la mer?

Je retourne sur la droite, vers l'eau. De nouveau, le contact me glace la peau et me brûle au niveau de mon genou blessé. Je fais une halte. Le temps de reprendre mon souffle. Il n'a

218

pas réagi. Donc il ne m'a peut-être pas vue. Mais comment en être sûre? Il ne lui a pas fallu longtemps pour deviner ma tactique de fuite. Il est bien capable de me devancer encore une fois. Il faut que je recule dans l'eau. C'est là qu'il a le moins de chances de me repérer. Dès que je suis assez loin, je plonge, mi-marchant mi-dérivant dans les vagues. Je mobilise toute mon attention pour tenir mon arme hors de l'eau. C'est mon obsession, cette arme. Mes cheveux trempés se collent à mon visage. Je me tourne vers la dune, cherchant Charlie. Personne. Juste cette voiture avec ses phares allumés. Je me trouve maintenant à environ deux cents mètres de l'extrémité gauche du parking, pratiquement au niveau des baraques de plage et d'une petite oasis faite de palmiers, de tables de pique-nique, de grosses poubelles et de cabines téléphoniques. Je fais un effort pour me remettre debout. Je guette vers la droite : il pourrait être n'importe où, planqué dans n'importe quel coin d'ombre. La peur s'empare de moi et me paralyse. Je ne peux plus bouger. L'eau du Pacifique me pique comme des milliers de petits dards glacés.

Il faut que je me débarrasse de ces vêtements qui me gênent. Rapidement, légèrement, je laisse mes chaussures partir au fond, puis j'enlève mon jean. Je me sens un peu plus légère.

La baraque de plage est juste face à moi, petite structure compacte de parpaings aux fenêtres barricadées pour la nuit. Je me déplace vers la droite. Sous mes pieds, le sable est extrêmement fin. Je m'y enfonce jusqu'aux chevilles et soudain, je sursaute. C'est là qu'il se cache. Je ne l'aperçois qu'une fraction de seconde, quittant l'ombre sur ma gauche. Je me demande ce qu'il peut voir de moi. Il se met à courir. Où va-t-il? Je l'aperçois à nouveau en sortant de l'eau. Je me jette à plat ventre dans l'ombre des palmiers. Charlie est en train de traverser l'aire de pique-nique. Je reconnais très bien son pantalon sombre et sa chemise claire. A côté de moi se trouve une grosse poubelle cylindrique. La silhouette de Charlie disparaît. Et, tout à coup, j'entends sa voiture démarrer. Il fonce vers la plage. A la seconde où le faisceau de ses phares va balayer l'endroit où je me trouve, je soulève le couvercle de la poubelle et je saute à l'intérieur.

Infect. Je me tortille pour me faire une place parmi les emballages de hamburgers gras, les sacs de chips et les coquilles d'œufs durs. Je tords le nez de dégoût. Sous mon pied gauche, je sens quelque chose de mou et de tiède, comme du fumier. Je vais ressortir de là avec tous les microbes de la création collés à la peau.

Si j'en ressors. Car, en soulevant légèrement le couvercle, je vois les phares de la voiture de Charlie qui s'approchent. La lumière crue frappe ma cachette de plein fouet. Je me recroqueville : j'ai l'impression que les cognements de mon cœur me font sortir les yeux de la tête.

Puis il descend de voiture. Je ne vois qu'une ombre à travers le minuscule interstice qui me sert de meurtrière d'observation. J'entends la portière claquer, puis ses pas sur le bitume.

– Kinsey! Je sais que tu n'es pas loin!

J'essaie de ne pas bouger, de ne plus respirer.

Silence.

– Kinsey! Tu n'as rien à craindre de moi. Enfin, ne sois pas idiote! Tu sais très bien que je ne te ferai jamais de mal!

Il essaie de prendre un ton doux, persuasif, sincère.

Est-ce que c'est moi qui me fais des idées, après tout? C'est le ton qu'il a toujours eu avec moi.

Silence.

Puis j'entends ses pas qui s'éloignent. Je relève un peu mon couvercle pour regarder. Il est debout, à trois mètres, il regarde la mer. Il se retourne. Je me recroqueville. Il approche de la poubelle. Je serre la crosse de mon automatique, mais je sens mes mains qui tremblent. Si ça continue, je vais devenir dingue. Je ne supporte plus ce jeu de cache-cache. Déjà, quand j'étais gosse, je n'aimais pas ça! Dès que je sentais quelqu'un approcher, j'avais envie de faire pipi dans ma culotte. Oh non, mon Dieu! Je ne suis plus une gosse! Pas ça! Pas maintenant! La peur me glace. Mon cœur qui bat me fait mal, ma blessure aussi. Je ne suis plus qu'une immense douleur. J'entends mon sang palpiter dans mes oreilles et je suis sûre qu'il l'entend aussi, tellement ça fait de bruit. Il sait que je suis là! Il le sait!

Il soulève le couvercle. Ses tempes blondes brillent dans la lumière des phares. Il me regarde. Dans la main droite, il tient un couteau de boucher avec une lame de trente centimètres, qu'il lève lentement.

Je lui fais sauter la cervelle!

La police de Santa Teresa mène une brève enquête à la suite de laquelle il est décidé que je bénéficierai d'un non-lieu. Le dossier contient ma déclaration aux autorités pour « utilisation de mon arme en état de légitime défense et dans l'exercice de mes fonctions », ainsi que mes conclusions sur la mort de Laurence Fife. Je restitue à Nikki une partie des 5 000 dollars qu'elle m'a versés comme provision. Pour seize jours de travail, mes honoraires se montent très exactement à 2 978,25 dollars, ce qui est largement payé. Pourtant, la balle que j'ai tirée pèse lourd sur ma conscience. Elle m'a fait changer de camp : désormais, j'appartiens à celui des tueurs, légitimes sans doute, mais des tueurs quand même. Au départ, je n'avais l'intention de tuer personne. Mais c'est peut-être aussi ce que se disaient Gwen et Charlie. Je sais que je m'en remettrai. D'ici une semaine ou deux, je serai de nouveau d'attaque pour reprendre mes activités. Mais rien ne sera plus jamais comme avant. On essaie toujours de faire en sorte que les chocs se passent bien dans la vie, mais la vie n'est pas si simple, et, au bout du compte, on se retrouve toujours seule avec soi-même.

Bien à vous.
Kinsey Millhone.

*Achevé d'imprimer sur les presses de*

**BUSSIÈRE**

GROUPE CPI

*à Saint-Amand-Montrond (Cher)
en février 2002*

POCKET - 12, avenue d'Italie - 75627 Paris Cedex 13
Tél. : 01-44-16-05-00

— N° d'imp. 20011. —
Dépôt légal : novembre 1992.

*Imprimé en France*